講談社文庫

記憶の盆をどり

町田 康

講談社

目次

記憶の盆をどり

エゲバムヤジ

強風が吹いていた。強風は凶風でもあった。強風が吹き始めてから六ヵ月。なにひとつよいことがなかった。京風ラーメンでも食うか。いやさ、うどんが目の前でくるくる舞っていた。はっ、ばかばかしい。言い捨てて立ち去った。つまり私は倦怠していたのだ。疲れていたのだ。馬鹿者が法螺貝を吹き鳴らしていた。それを群衆が称賛していた。土埃が目に入って、ああっ。と呻(うめ)くと、前から来た奴が腹を殴ってにやにや笑い、去っていった。

嘆息して家に帰った。みすぼらしい家。玄関を上がったらすぐに六畳間で正面に流し。衣服、家財道具が見苦しく散乱して、人はすぐに、「お宅にお邪魔します」というが、こんなみすぼらしい家に来られたら、「ははん。大仰なことを言ってるけど大したことない」と言われるに決まっているので来てもらえないみたいな腐った家。そんな家にピンポン。どうせ集金か宗教の勧誘だろう。ははは、馬鹿馬鹿しい。そう思って鹿十（しかと）をしていると、ピンポンピンポンピンポンって連打。「しつこいやっちゃなあ」と、立ち上がってドアーを開けると半知り、多分、アパートの棟内に住んでいるのだろう、ときおり見かける女が布の箱を持って立っていた。

なんだろう。あなたが好きだから交際したい、とか言いにきたのだろうか。そんなわきゃないか。そう思いヌックと立って女を見た。会社勤めの女なのだろう、朝など、好ましく化粧し、よい服を着て、ハイヒールかつかつ急ぎ足で駅に向かう姿を何度も見たがいまは違う、くたくたの部屋着にサンダル履いてサンバラ髪、なんとも浅ましい有り様で、好きな男の前にこんな格好で出てくる訳もなく、ならばナンジャラホイってこっちも無遠慮、玄関先まで呼び出された不機嫌を隠さずに尋ねると、女も女、切口上で、「あたし、もう無理だから。お宅で飼っていただけますう」と一応、尋ねてるのは尋ねてるが有無を言わさない、言い捨てると、持っていた箱を俺に手渡し、そのまま行こうとするので、「待たんかい、待たんかい、意味わからんがな」と、肩に手をかけると、「きゃあああ」と大仰な悲鳴、相手は若い女で俺はおっさん、痴漢冤罪事件でもでっち上げられたらたまらぬ、とて慌てて手を引き込めると、女は後ろ手にドアーを閉めて行ってしまって、俺の手に箱が残った。重たい布の箱。なにが入っているのだろう、うえにタオルがかけてある、とってみるとなかで小さな白い塊がわなないていた。これがエゲバムヤジ。

こういうもののことをエゲバムヤジというのは、中三のときに死んだ叔父に聞いた。叔父は卒中で死んだのだ。以来、エゲバムヤジについてロマンチックな印象を抱いていたのだけれども、実際は違った。くさいのだ。くさいし、世話が大変だった。機嫌がよいときは、部屋のなかをころころして勝手に過ごしていたが、機嫌が悪くなると、糞尿を垂れ流し、嘔吐し、ひどい声で喚き立てた。えらく寂しがりで、一時間も放置すれば寂しさのあまり衰弱、呼吸が途絶しそうになるので、まったく目が離せない。食べ物も難しく、食べたり食べなかったりで、むかついて半日、なにも与えなかったら衰弱して死にかけていたので、慌てて機嫌を取り食べさせた。ひとり暮らしだが家で手にてなす仕事をしているからよいものの、勤め人だったら一日で死んでいただろう。

それにつけてもまったくひどいものを押しつけられたもので、あの女を見かけたらかやしてやろうと思うのだけれどもあれきりみかけず、結局、ずっとエゲバムヤジの世話をしている。エゲバムヤジの世話と世話の間、ついでに仕事をしているようなことになってしまっている。

ある日、エゲバムヤジを連れて岸壁に出掛けた。部屋は日当たりが悪いのでたまには日に当ててやろうと思ったのだ。強風はいつしか止んでいた。吊り橋を渡って岩のごつごつしたところにいたるとエゲバムヤジは喜んだ。平日のこととてあたりに人影もなく、これ幸いと箱から出してやるとエゲバムヤジはなおのこと喜んでころころ転がった。エゲバムヤジを見るうち自分まで喜ばしい気持ちになって笑みが浮かんだが、その笑みが凍りついた。エゲバムヤジが岸壁の突端の方に転がってくのだ。三百尺下で波が岩を洗っている。慌てて駆け出し、すんでのところでエゲバムヤジを捕まえ、ほっとした瞬間、どんっ、たれもおらないはずなのに後ろから押すような力がかかってエゲバムヤジと二人、真っ逆さまに落下した。けれども助かったのは途中の岩棚に引っかかったから。一度、松の木でバウンドしたのもよかったのかも知れない。その間、エゲバムヤジをしっかり抱いて離さなかった。携帯電話で呼んだ救助が来るまでの間、エゲバムヤジを抱いて二百尺下の岩と波をじっとみつめていた。吸いこまれそうだった。死のうかな、という気持ちになった。エゲバムヤジは小刻みに震えていた。

岸壁を転げ落ちて以降、どういう訳か、エゲバムヤジの体温が自分をそこに繫ぎとめていた。エゲバムヤジはどんどん可愛くなっていった。連れて歩くと人が振り返った。連れてカフェーに入ると必ず話しかけられた。毛並みは輝くように白く、目は黒曜石のように濡れて光っていた。首を傾げて考え込むような仕草。ちょっと出掛けて帰ってきたとき駆け寄ってくるときの顔。犬のようでもあり、猫のようでもあり、小鳥のようでもあった。

薄く切った林檎を与えると、両の手で抱え込むようにしてこれを齧る。駆け寄ってきて真っ黒な目でこちらを見上げ、口を開けて笑う。無防備に腹を出して眠り、ときおり伸びをするように両手両足を突き出す。そんなエゲバムヤジの姿を見ていると、一日があっという間に過ぎた。

そのことと関係があるのかないのか。おそらくあるのだろう、風が止んで暫(しばら)くして、いろんなことが急に好くなり始めた。停滞していた仕事の成果があがり始めた。いろんな閃(ひらめ)きが頭に浮かんで実地に試すや驚くほどうまくいった。新しい知り合いが増えた。目の前を珍しい鳥が飛んでいった。美しい鳥だった。行く先々に花や果物が溢れていた。花は手折り放題、顎に汁を垂らして新鮮な果実を貪(むさぼ)った。銭も儲かり、独逸(ドイツ)製の黒光る自動車を買った。その車でハイウェイを疾走、鈍重な奴らを尻目に殺して速度の棒と化した。

「まるで光り輝くピカピカのケダモノだな。そろそろ住まいも光獣にふさわしいところに移らんとあかぬな」膝にエゲバムヤジを乗せてそんなことを考えていると、ピンポンピンポンピンポンという音、やけに癇(かん)に障る音であった。「ピカピカの獣と知っての狼藉（ろうぜき）か。どうせ仕事の依頼だろう」そんなことを言いながらエゲバムヤジを抱いたまま玄関に出ると、例の女が紙袋を提げて立っていた。

先（せん）とは見違えるようだった。好ましく化粧をし、好ましい衣服を着用して、でも、その割には悄然（しょうぜん）とした様子で、でも、それにしてもいまさらなんなんだ、と思うから憮然としていると、女は、「あの、それ」と言ってエゲバムヤジを指差し、「これがなんですか」と答えると、急にはきはきした声で、「返してください」と言った。

ふざけるな、と思った。勝手に連れてきて人にさんざん苦労をさせておいて可愛くなってから返してくれなんていうのは虫がよすぎる。いまや、エゲバムヤジは大切な家族だ。それにエゲバムヤジは守護天使のようなものだ。こいつが居なくなったら、これまでのように銭が儲からなくなる。金が減る。そう思うから、「いまさら返すなんてできないですよ。こいつは大切な家族だし、守護天使のようなものですからね。無理ですよ」と、ことさら冷然と言うと、女は、「ですから、このようなものをご用意させていただきました」と紙袋を差し出した。「どうせ、別のエゲバムヤジを連れてきたんでしょ。駄目ですよ。うちのエゲバムヤジはこいつだけやから」そう言うと女は、「違います」と言い、「十億円、ご用意しました」と言った。

十億円。喉（のど）が鳴った。エゲバムヤジを抱く手に力が入った。エゲバムヤジは小刻みに震えていた。怯えたような目で見上げていた。

「お願いします。十億円で。残りは夕方までに届けます」

女が再び言った。身体が熱くなって汗が出た。吸い込まれるような感覚を覚え、震える手を女の方に差し出した。エゲバムヤジは、爪を出して腕にしがみついていた。

次の瞬間、そのエゲバムヤジの爪の感触がふと消え、空中に放り出されたような感じがしたかと思ったら五体がごつごつした岩に叩きつけられて断裂して散らばり、波に洗われて消えた。断裂した直後、意識にエゲバムヤジの幸福な笑顔と悲しい哭き声が浮かんだが、それも直ちに消えて、後はただひたすらの虚無。

山羊経

一週間経っても義行から連絡がなかった。なあに、三日もあれば大丈夫ですよ。と言っていたのにどうしたことだろう。そう思って朝、頃合いを見計らいこちらから電話を掛けると知らない女の人が出て、惟安ですが、と名前を告げたのにもかかわらず要領を得ず、重ねて、義行君はいませんか、と問うと、昨日から神鶏にサーフィンをしに行っている、と言った。

そこで、ケータイの番号を教えてください。と言うと女は、教えられない。と言った。

連絡があるはずなんだけどないんですよ。困ってるんですよ、実は。っていうかとっくにあるはずの入金がなくて、それがけっこうな額なんでね、とにかく義行君と話したいんですよ。

と、窮状を訴えたが、女ははかばかしい返事をせず、それどころか早く電話を切りたいような様子だったので、とにかく義行に連絡をとってくれるように頼み、念のため、絶対に知っているはずのこちらの電話番号を告げて電話を切って、窓の外を見たら曇りだった。

　その瞬間、もしかしたら駄目なのかも知れない。という考えが頭をよぎったが、すぐにそんな馬鹿なことがあるわけがない、と思い直した。道理がこちらにあるのは明白で、絶対に返ってくるに決まっている。もし返らぬなどということがあったら、向こう側もそして間に入った義行もただでは済まず、間違いなく世の中から制裁を受ける。それはいったいどんなにか恐ろしい制裁なのだろうか。具体的な想像をしようとしたとき、チュンチュラという鳥の鳴き声が聞こえた。再び窓の外を見ると黄灰色の鳥がテラスの柵にとまっていて丸い目でこちらをみると僅かに頭を下げるような仕草をしてから飛び立ち、木の枝と枝の間を飛んで曇った空のもの凄く高いところまで飛んでいってみえなくなった。人間のなかにもあんな丸い目をした者がある。かつて朝の常磐線で見たことがある。全員が恐怖して絶対にそっちを。

　そのとき、突然、草木染めか泥染め、をしたらどうだろうか、と思った。

　そんなことを突然、思うのはきちがいなのだろうか。

　そんなことはない。突然には突然なりの筋道というものがある。

筋道を初めから辿ると、まず十日前まである雑草のことを憎く思っていた。

敷地内やその周辺に繁茂するカラムシという名の紫蘇に似た葉を持つ雑草で、見た目がちっとも美しくなく、そのくせ高さは人の背丈ほどにもなって見苦しいので、生えてきたな、と思ったら刈るようにしていたが、生命力がきわめて強く、気がつくと再び成長して他の草を圧倒していて、終いにはその衆徒のような猛々しさに不吉な、凶々しい感じ、を感じ、恐れ、のようなものを感じるようにもなっていた。

ところが十日前に、昔の人がカラムシの茎を蒸して繊維をとっていたということを知ってカラムシが憎くも恐ろしくもなくなったのだった。実はその時点までその雑草がカラムシという名であることすら知らなかった。カラムシばかりか、そのあたりに生えている草の名前を殆ど知らなかった。タンポポとかそんなものくらいは知っていたが、その程度だった。もう五十をいくつか越している。こんな年になって身近に生えている草花の名前も知らぬのは馬鹿に違いない。こんなことではろくな死に方ができない。人との交わりもできない。

そう思って義行の事務所の近くのスーパーマーケットの四階の書店にバスに乗って行き、「身近な雑草の見分け方」という本を買い、その本を片手に用もないのに近隣を歩きながら歩き回ってみた。

その結果、それまでただひとくくりに雑草と思っていたもののひとつびとつの名や生態が知れ、そのひとつにカラムシがあって、昔の人が茎を蒸して繊維をとっていた、ということを知った。この世のすべての取るに足らぬものが名を持ち生命を持ち生きている。

そのどうしようもない事実を知った瞬間、心のなかでその草が、恐ろしい雑草、から、好もしい身近な草、に変化した。人間の役に立つとなると急に好もしいものとなるのか、現銀な奴だな、と我がことながら呆れたが、それだけではないのかも知れないとも思った。要するに意味のないもの、意図のわからないものがおそろしいだけじゃないか、俺は。そう思って、でもそれはなおのことひどいことなのかも知れぬな、とまた呆れた。

それから自分が昔の人のようにカラムシの茎を蒸して糸をとってみたらどんなだろうか、と思うようになった。どんなもこんなも、自分はそんなことはやろうともしないだろうし、やろうとしたところで、なにから始めたらよいのかの見当すらつかないのだけれども、やったらどんなだろうか、などと思うようになっていたのだった。

けれどもいずれにしても奇妙な思いつきに過ぎない訳だし、そうこうするうちに義行とのやりとりが始まって、カラムシの糸のことはすっかり忘却していたのだ。

けれどもその奇妙な思いは心の奥底を伏流水のように流れ続け、心の奥底で糸は布になり、その布を防虫や防腐の意味なども込めて染めるというところまで流れ着いていた。

そういった筋道を辿って草木染泥染ということを思いついたのだから、きちがいではまったくない。

また、五十を過ぎて以降、そういうことをもの凄くしたくなってきているように感じることがもの凄く多く感じるようになってきている感じがする。

やってみようかな。マジで。

そう思ったとき、おやえーすー、おやえーす。という拡声器を通した不分明な声が聞こえてきた。移動販売の八百屋がやってきたのだ。移動販売の八百屋の車はいつも家の前の空き地脇に停まる。空き地の脇にはカラムシが群生している。移動販売の車はカラムシを踏みつぶすはずだが、翌日、みるとカラムシはなにもなかったかのように茂っている。

十日前まではその姿を浅ましいと思っていた。でもいまは思わなくなって。

ぐるりを低き山にてかこまれたる盆地に牧場数多ありて。広大な駐車場に立ってそんな文章を頭の中で組み立てたが後が続かなかった。

　しかし嘘ではなかった。あちこちから、間抜けな牛の鳴き声が聞こえてきていた。ぐるりはみな山であった。その山の二倍くらいの高さのところに太陽がやや傾いて輝やいていた。

　その太陽に向かって立った正面に、三角屋根の平屋建ちが建っていた。平屋建ちではあるが大きな建物で、建物正面の三角屋根の頂点は普通の建物の三階分くらいありそうだった。その建物正面の左右に長屋様の建物が長く接続している。

　いったん習おうと思ったらいてもたってもいられなくなり、なにをしていてもこんなことをしている場合ではない、疾くならわないと……と固執する気持ちからまるで気がちがったようになってしまいすべてのことがおろそかになる自分。それを知っているし、実際にいてもたってもいられなくもなったので、粗末な早午をすませてやってきた盆地であった。

　といってただ闇雲にやってきた訳ではなく、あてがあってやってきた。四年前、心に苦しみがあってそれを解消できないだろうか、とここにやってきたとき、この三角屋根の建物、ある種の友情施設ということらしいが、の奥に、ガラスと鉄でできた現代的な建築物があって、そのなかに草木染めの工房が確かにあった。なぜかというと、そのときはまだカラムシのことも知らず、そうした染色のようなことをかなり馬鹿にしており、こんなところで草木染めなんて貧乏くさいことをするな、と強く呪詛したことをはっきりと覚えているからである。

ただ、その他のことは朧気ですべてがマーブル状に混濁していた。三角屋根の建物と現代的な建築物がどう接続していたのかも覚えていない。

ただ、むやみに人が居て賑やかでミニコンサートが開かれたり、立派な角のある白い動物が国家に叛逆して闘う寸劇をやっていたり、かす汁の無料配布が行われていたような記憶が朦朧としている。腰まで伸ばした髪を金色に染めた老婆が振り袖を着て噴水を眺めていたりしたのか。心に苦しいことがあったというのも、たいへん苦しかったことだけは覚えているが具体的になにがどう苦しかったのかがわからない。なにがいったいあんなに苦しかったのか。思いだそうとすると、いまの義行のことの苦しみやなんかも、その他の綺麗な色もマーブルに混ざって、マーブルが揺れて回転し始め、マーブルがどんどん大きくなっていって、その中心がドリルのようになって自分の脳に朧でありながら鋭い痛みと熱を注入して全身に毒が回ったようになって顔が三倍も膨らんで。

あああああああっ。吻。

破。邪。顕。正。

もの狂いしたようになって、でも心の駒に鞭打って、前に十手術に凝ったとき自己流で案出した印のようなことをやってなんとか渦状のものに脳が冒されるのを防止した。

それにしてもこの寂しさはなんだろうか、この寂れ具合は。

あのときは人が溢れて駐車場は車がいっぱいで、正面建物前の芝生にはレストランで飲食をする金がない貧乏な人たちがコンビニ弁当を広げてピクニックと強弁して、それでも楽しそうで独り身には羨ましい光景だった。

それがいまは人子一人ない。ただ、青空と山と風と光と水。そして駐車場と芝生の間に、異様に高い掲揚棒が聳えて、左の棒に日本国旗、中央の棒にこの施設の象徴旗が掲げられていたが、右の棒にはなにも掲げられていなかった。まだ、この棒に掲げるべき旗を持っていないのだ。日の影が棒の形に心苦しく無様に伸びていた。また、牛の鳴き声が響いた。乳を揉んでやろうか。

自動的に開閉する銀色のアルミ扉から三角屋根の建物に入った。天井が高かった。正面から見ると平べったく奥行がなさそうだったが、なかにはいってみると思うより奥行があって、目測では十間はありそう。反対側に間口二間のアルミ扉があって光が入りごんでいた。それに、その光に高い天井より力なく垂れ下がった蛍光灯の光がプラスされて。混濁する記憶ではここも人でごった返していたはずが、いまはたれもおらなくて、棚にいろんな細々したものを並べて、壁際にも冷蔵ケースのようなものもあるから、おそらくはこれらはみんな売りもの買いもの。けれども売り子もおらず。けれども売り子もおらず。呟きながら通り過ぎて悲しみの市。悲しみの位置。悲しみの本地。ここそのものがその市。

だってよ、馬鹿馬鹿しい。銭がねぇだけじゃねぇのかよ。金ないだけちゃうんけ。そんな潮騒のようなざわめきもまたくわわって。

アルミ扉をくぐって広場のようなところに出て驚愕した。カントリーミュージックが流れていたのである。いったいどこからそんなものが……、そう思ってスピーカーを探したが、どこにあるのかちっともわからなかった。そのときまた牛が鳴いた。その瞬間、あああっ、そうか。と、合点がいった。カントリーミュージック。牛。そういうことを考えたうえでの施設の方針なのだ。正面に山が見えた。日は傾きつつなお高かった。

広場の真ン中に木製ベンチが丸の山においてあった。左には広場を囲むようにして建つ平屋建ちがあり、なにかの生産工場らしかった。ひだり↓ひだる、と考えれば、食品のようなものをつくっているのか。その手前側に大量の竹馬が束ねて棄ててあった。

広場の右に鉄とガラスでできた現代的な建物があった。方二十間はありそうな大きな建物で高さも十丈以上ありそうだった。広場側に一間の開口部があった。なかにはいると混凝土間にテーブルと椅子が並べてあって大食堂のようだった。右の壁には資料や書籍が詰まった棚やラックが雑然と置いてあった。右の壁の奥にも開口部があった。正面にはカウンターがあって、飲み物や軽食を売っているらしく、壁に品書きが貼ってあった。右手にパーティションで仕切った一角があって奥に厨房があるらしかった。やれやれ。やれやれ。厨房か。義行とのこともそもそもは御厨さんが最初のきっかけだった。御厨さんとは一面識もないのだが。

そして右の壁。そうこの右の壁の一角に草木染め工房が確かあったのだ。といって独立した部屋があるわけではなかった。テーブルを四つ乃至は八つくっつけて大きな作業机のようになして工房と称し、教師が草木染めの説明をしていたのだ。

なぜそれが草木染めとわかったかというと、右の壁に手書きの看板が掲示してあったからで、その媚びたような拙劣さにも憎悪をかき立てられたものだった。

そしてその右の壁には木製の棚が取り付けてあって、そこには完成した草木染めで作った、筒袖のような服や、トートバッグ、ティッシュケース、なんかが陳列してあって、そのひとつびとつに値札がついていて、それを憎げに睨(にら)みつけていた。

その棚の陳列物が随分と増えているのが遠目にもわかった。どうやら草木染めは随分と流行っているらしかった。こんな時代だから無理もないことなのか。

俺は違うぞ。そんな気持ちが、こんな状態になってまだ自分のなかに燻っていることに驚いた。そんな気持ちを引き摺ってそして後に残った条痕のようなものがすべての本源なのだろう。やれやれ。から、やってまえ。へ。この距離に残る二つの筋。父に作って貰った竹馬を引き摺って歩くどんくさい子供。その子供が地面に痕す二本の筋。

苦笑しながら、右の、草木染め工房の近くまで行って驚愕した。そこに工房がなかったからである。いや、工房はあるにはあった。しかし、それは草木染めとはなんの関係も無い、ジオラマ製作工房だった。

こんな時代にジオラマか。

怒りと悲しみを通り越した驚きと諦めがプウーファアーと喇叭を吹きながら軽快に走っていく。

よくみると、棚の陳列物もそっくり入れ替わっていた。草木染めはひとつもなく、ジオラマがズラリと並べてあり。また、ジオラマ以外にも、焼き物や羊毛フェルト、革細工なども並べてあった。手作り石鹸などもあった。最終的には泥付き野菜も並べてあった。なのに草木染めはひとつもなかった。もちろんそれらすべてに値札がつけてあって。

あさましく動揺してカウンターに駆け寄った。運よく、厨房から女が出てきた。まるで善人のような中年の女だった。

あそこにあった草木染めはなくなったのでしょうか。問うた口調が思いがけず冷静だった。さあ、ちょっとわかりません。なんでないんですか。友情をはぐくむために草木染めはきわめて有効じゃないですか。さあ、ちょっとわかりません。いまの時代こそ草木染めが求められてるんじゃないんですか。前は確かにあったのですよ。

そんなことはしたくはないが納得がいかず、まるで御座候のような執拗さで女を責めたが、どこまで強情な女なのだろうか、わからない、を繰り返し、挙げ句の果てには通報するような素振りまで見せたので諦めてカウンターに近い左の開口部から外へ出た。

出たところは藤棚。右側に食堂があったがガラス扉の向こうに本日定休日と書いた札が下がっている。まっすぐ進むと柵があり、その先は池、水面に日の光が射して波紋がなにかの間違いではないかと思うくらいに。

柵に沿って左に進むと木の柵を巡らせた二十畳くらいのスペースがあり、そのなかに動物が囲ってあった。

釈然としないこの気持ち、動物を眺めることによって癒やすことができるだろうか。そんな下品なことを考えて柵に近づいていった。

山羊と驢馬と羊が囲ってあった。驢馬は好奇心があるようだった。羊は心に一抹の寂しさを抱えつつ根が陽気でフレンドリーだった。山羊は。目が完全に……。角が後方に丸まって、この角で他を攻撃しようとするのであれば敵に背中を向けて後頭部を打ち付けるようにするしかないように見えた。完全な敗北としての攻撃。

そんな角を持ちながらしかし山羊が最も悠然として横たわったままこちらを見もしない。

八木独仙ならぬ山羊独尊だな。やれやれ。

苦笑しつつ、柵を離れ、正面を見ると、太陽が難しさと簡単さの中間みたいに輝いていて。やれやれ↓やってまえ。この矢印が内包する無限のエネルゲン。

池と柵の間の細い道を通った。向こうからベビイバギイを押して若いカップルがきた。まるで完全な者を見るような目でこちらを見る目が完全な者の目のようだった。互いに極度に緊張して、細心の注意を払って、相手を傷つけないように配慮して、互いにすれ違って、その細い道を渡っていった。ほそいあぶない橋をわたって。ほそいあぶない橋をわたって。昔。暗く寒い講堂で聞いた詩句が二連ずつ頭脳から飛び立って山の方の空の方に飛んでいった。吹き出し？　なんの吹き出し？　問うたところで答えるもののあらまく惜しも。とか言ってあたまに枯れ葉を乗せてサーフィンをしているのか？　義行よ。義行さんよ。

その細い道を通り過ぎて行くと、あああああっ。あああああっ。川があった。川があるということはそれ以上、前に進めないということである。もちろん、ここから引き返したところでなんの支障もない。けれどもまだ草木染めのことを諦めきれない気持ちが自分のなかにあった。

草木染めをするためには草木が必要である。そしてここには、ご覧の通り、大量の草木がある。じゃあ、泥染めは？　というと、馬鹿か？　目の前を見ろ。田がひろごりてある。田土とはすなわち泥である。

陶芸家の多くがよい陶土のあるところに住んでいることからも知れるように、そうしたことをする人は材料の採れるところの近くに住む。となれば草木と泥がふんだんにあるこの近くに草木染め泥染めの先生の家がある確率は高い。っていうか、先生がいるからこそあそこで教室が開かれていたのではないか。

ならば。直接その家に参って教えを乞えばよい。なにごともそれくらいの熱意を持ってせねば。失敗が多くて生きていてもちゃんと生きていかれないだろう。それじゃ義行も同然だ。

だから川が行く手を阻むのだけれどもう少し探してみよう。熱意を持って失敗を減らしていこう。そんな意気込みで川や、それ以外の周囲の様子を注意深く観察した。

川幅は五、六間はあるようにみえたが、土手が緩やかに傾斜して川幅は狭く、一間もなく、その気になれば彼岸へ飛び移れそうに見えた。傾斜した土手の草は綺麗に刈り込んであって、寝転んで空を眺めたりすることも可能に見えた。怠惰に寝転がるのか。彼岸に飛び移るのか。またぎ越せ無能な河は。若い頃読んだ詩の一節が頭に浮かんだ。

しかし、人間には注意深さも必要だ。ただ、飛び越えればよいというものではない。飛び込んだところが毒蛇の巣であるといったこともまたあり得る。

さらに注意深く周囲を観察する。

正面はやはり山だった。山の上の方に出来物のように家がツブツブしていた。その数は数百に及んでいた。山の上の方の斜面を削って別荘地となしたのだろう。その下の山の中の腹あたりに道路が走っていた。そして、ずうっと山裾に視線を移すと、そこからは田になっていって田がずうっとこちらまでひろごり、そして川があった。

背後はどうだっただろうか。背後もやはり山だった。しかし、正面の山よりも山が近かった。ついいましがた高いと思った友情施設の三角屋根がここから見ると随分と低かった。その三角屋根越しに山があった。山と友情施設の間にはあんなものを人は、聚落、と呼ぶのだろうか、家々が山裾に沿って建っていた。それらの家と道路を隔てて友情施設の広い駐車場があるようだった。国旗掲揚棒はここからは見えなかった。山の中の腹に削れたようなところがあって、四角い建造物がツブツブして、光を真正面から受けていた。墓。であるらしかった。

左は。やはり遠くに山が見え、田があった。山裾に、埋もれるようにして鳥居があった。空。山。鳥居。田。上から順にそんなことになっていた。

その空をハンググライダーがゆらゆらしていた。モオオオオオッ。という声が響いた。メエエエエエッ。という声もそれに重なった。昔、メグミという名の女にひどい目にあわされたことがあるのを思い出した。

そして右。根が右翼なのだろうか、なぜか、右が本命、本当のいのちであるような気持ちが最初からあった。右にジリジリとなにかを感じていた。父は昭和四年生まれの軍国少年だった。川は右にカーブしながら田の間をずうっと伸びていた。ちょっと向こうに橋があった。橋に向かって土手を歩いた。

正面はやはり山で、あすこにも聚落があるのであろう山裾に大きな屋根がいくつか見えた。あのあたりに草木染めがあるのではないか。そう見当をつけて土手を進んだ。

橋を左にみてなお土手道を行った。カラスが頻り(しき)に鳴いた。足下の土手の土が柔らかく、何度かよろけた。農業トラックが通るのだろうか、轍(わだち)ができていて、その両側にメヒシバ、エノコログサ、オオバコ、ツユクサ、ヨモギなンどが生えていた。川面にいたる土手の斜面にも草が生えていたが、なんだかわからなかった。ところどころにススキがひときわ高く固まって生えていて、風がないのに揺れていた。虫の鳴く音が聞こえてきた。

暫く行くと、土手の上に異様なものが蹲っていた。猫かと思ったが猫ではなさそうだった。近づいて青鷺と知れた。近くで見るのは初めてだったが醜い鳥だった。そして、どういうわけか近づいても逃げない。すぐ側に立っても逃げず川の方を向いて動かない。死んでいるのだろうか。そう思って手を伸ばすと、青鷺は首を曲げて、厭な目つきでこちらをみて、それからようやっと立ち上がって、右斜め前方に飛んでいった。バタバタした不細工な飛び方だった。

青鷺が飛び去った瞬間、対岸のコンクリート造の小屋のあたりから雀の鳴き声、それも十羽や二十羽ではない、千羽くらいの雀が一斉に鳴いたような、猛烈な鳴き声が聞こえてきた。と、同時に、右前方の大きな屋根の家のある山裾の聚落から頓狂な音楽が聞こえてきた。日本民謡と洋楽を混ぜあわせてニョクマムをふりかけたようなアップテンポな音楽で、歌声は男声か女声かわからないような男女さんのような嗄れて甲高い歌声だった。そして歌詞。異様の歌詞だった。

お米の父さん怒りの飯場。怒りの反発食べましょう。傘寿の爺さんお腹が空けば。

やっぱり食べたいカッパの餌食。怒りの反発カッパの餌食。三十前ならエドワード。怒りの反発食べましょう！

なにが言いたいのかまったくわからなかった。心が浮き立つような気にもなり、同時に、ひどく塞ぎ込むような気にもなった。いっそ土手を転げて落ちて川にはまってズクズクになってやろうか。そしてその後寒さに震えて肺炎になろうか。と、そんなこともちょっと思うような音楽だった。

その音楽が雀の猛烈な鳴き声の背景音のように遠鳴りに鳴っていた。カラスの鳴き声も相変わらず聞こえていた。モオオオオオオッ。メエエエエエエエエ。という引き延ばされた声も。乳を揉んでやろうか。ひどい目に遭わされた。雀がうるさい。川にはまりたい。ズクズクになりたい。涙が流れた。もういいのかな。義行も草木も。

思いが次々と、山を集団で駆ける村人のように、気がちがったブッポウソウの涙のように無数の銀の直線として頭のなかに突き刺さり、誰がなにを思っているのかわからなくなった。音が次第に高まって轟音となり、もはや元はなんだかわからないただ重低音の響き合いとなった。それがついに窮まって、耳も頭も潰れるな、と幽かに思うとき、急に音がやんで、あたりが薄くらくなった。急に日隠れたのか。やけに迅速な日没だな。そう思って空を見上げた。太陽はさきほどと変わらぬ位置にあった。そして黒かった。

太陽だけではなく、空もその下の山も、田も、遠くに見える橋も、大きな家の屋根も、なにもかもが色を失して墨で描いた世界のようだった。

なんでこんなことになってしまうのか。なんで自分ばかりがこんな理不尽な目に遭うのか。そう嘆く気持ちもある一方で、いよいよだな。いよいよこのときが来たな、という妙に納得するような、随分と前からこうなることがわかっていた、と思う気持ちもあった。

それにしてもいつまでこんなことが続くのだろうか。待っていれば終熄（しゅうそく）するのだろうか。それとももっと悪くなる？　そんなことも混ぜあわせのように考えながら馬鹿のように突っ立っていると向こうから人が歩いてきた。

信じられない。こんなところに自分からやってくる奴がいるなんて！

呆れるうちにもそいつはどんどんこっちへ近づいてくる。本当にバカなのだろうか。近くまできたら殴ってやろうか。それとも乳を揉んでやろうか。

決意した瞬間、まだ随分と遠くにいたはずのそいつが、つい目の前に立っていた。

そいつの顔を見た。

涙が止まらなかった。

十七年前にみまかった父だった。

父は悲しそうな顔で立って黙っていた。四十かそれくらいのときの顔だった。

暫くしてようやっと、お父さん……、とだけ言えた。

それでも父は立って黙っていた。

父にはどれだけ心配な思いをさせたことだろう。悪逆無道放蕩無頼。あの頃のことを思い出すと肌に粟粒が生じる。いつ死んでもおかしくなかった。これまでよく生きていたものだ。父は死ぬ瞬間まで心配していたと後で聞いた。そのときは阿辺之警察署にいて死に目にも会えなかった。

不孝の段が申し訳なくて父の顔をまともに見ることができず、長いこと泣いてやっと父の顔をまともに見ることができた。

父は相変わらず悲しげな顔で黙ってこちらを見ていた。

懐かしい、ほんとうに懐かしい父の顔だった。

言いたいことはたくさんあるはずだったが言葉が出てこなかった。そこで、久しぶりに会い、そして今度いつ会えるか知れない父の姿を目に焼き付けておこうと思い、父の姿をじっと見て、そして、強烈な違和感を覚えた。

なんだろう、この違和感はまるで父ではないようだ。そう思って改めて父を見て服装が変なのだ、ということに気がついた。

父は本当に変な服を着ていた。サラリーマンだった父は仕事に出掛けるときや改まった席ではスーツ姿だったが、昔の人らしく、家に帰ってきたら和服に着替えていた。でもいつの間にか和服は着なくなって、秋の休日やなんかは、カーディガンを羽織っていたように思う。それがいま着ている服はなんなのだろう、和服でもなければ洋服でもない、みすぼらしい袈裟のようなものを着ていて、右胸と右肩がはだけて乳見せルックのようなことになっている。そのはだけた胸にゴテゴテしたネックレスのようなものをぶら下げていた。父は生前、男がそうした装身具のようなものをつけるのを極度に嫌っていて、グループサウンズなどをみると口を極めて罵倒していたのだが、死んだら自分がそんな格好をしている。頭には冠のようなものをかぶって、その下の髪の毛にはパーマネントウェイブをかけているようだった。

見ているうちに少し腹が立ってきた。久しぶりに会うのだからもう少しまともな格好をしてきたらどうなのだろうか。ふざけているのだろうか。まあ、ふざけているのだろう。父は真面目な人間だったが家ではよく戯言を言っていた。しかし、それにしても度が過ぎる。腹立ちまぎれに言った。

「お父さん。その格好はいったいなんなのです」

「ああ、こんなものはなんでもないよ」

父はなんでもなさげな口調でそう言った。でもそれは紛れもない、懐かしい父の声だった。急に父を近くに感じ、そして言った。

「なんでもなくありませんよ。第一、みっともないじゃないですか」

そう言って改めて父を見て驚愕した。

周囲に田と川と草しかなく、一面がモノクロームの世界なので気がつかなかったのだが、よく見ると父はメチャクチャに身長が高く、ぱっと見、五メートル近くありそうだった。

「お、お父さん、いつの間にそんなに身長が高くなったんです。死んだら人は身長が高くなるんですか」

「いや、死んだら高くなるという訳ではない。悦(よろこ)べ、経高。俺はなあ、死んで大日如来になったのだ」

「はあ?」

「いやだから大日如来になったんだよ」

「なんすか、大日如来って」

「ええおまえ、大日如来、知らないの」

「ええまあ、言葉としては知ってますよ。知ってますけど……」

絶句してもう一度、父を見た。

大日如来だった。

委しくはないのだが、そこに居るものがなにか、と問われれば、ああそりゃ大日如来だよ、と答えるしかないような姿形だった。

父が大日如来になるということ。それはどういうことなのだろうか。名誉なことなのだろうか。わからない。大日如来とは確か宇宙の始原、宇宙そのもの、みたいなことを聞いたことがあるが、そんなものはもはや父ではないのではないだろうか。また、大日如来になるということはどういうことなのだろうか。どんな気分なのだろうか。混乱したまま問うた。

「どうですか、大日如来は」

「いいよ」

「いいんですか」

「すっごいいよ。ただ……」

そう言って父は表情を曇らせた。

「ただ、なんですか」

「ひとつだけ気になることがあってなあ、大日如来を完全にエンジョイできないんだよ」

「なにが気になるのですか」

「おまえだよ」

「僕ですか」

「ああ、経高。おまえのことだ。おまえのことが気になってしょうがないのだ。おまえと惟安家のことが気になって俺は毎日苦しんでいるんだ」

「あ、そうなんですか」

「あ、そうなんですか、じゃねぇよ。おまえは大体、自分の置かれた立場がわかっているのか。いや、言うな。そもそも惟安家という家がどんな家なのかおまえはわかっておらぬのだ。いや、言うな。そも惟安家は天下乱れるときこれを平らげ宸襟（しんきん）を安んじ御門をおたすけ申し上げて天下を治むるの家柄だ。それをばおまえは、毎日だらけて暮らし、カラオケに行ったり酒を飲んだりするばかりで大事をなそうという気概がまったくなく、これでは惟安家再興など夢のまた夢と苦しんでいるのだ」

なにを言っているのかまったく意味がわからなかった。惟安家再興とか、天下を治めるとか言っているが、父はサラリーマンで、祖父がなにをしていた人かわからない。祖父がなにをしていたかわからないということそのものがまぎれもない庶民ということで、家系図なども見たことがない。普通に考えて天下を治めるということは内閣総理大臣になるということだが、どう考えてもそんなことがあるわけがない。

「家ってそんな家でしたっけ」

そう問うと父は言った。

「ああ、そうだとも。だから経高、父に約束してくれんか。おまえの代で惟安家を再興すると」

父はそう言って気魄のこもった目でこちらを凝（じっ）と見た。懐かしい父ではあるが、そこは身長五メートルの大日如来で、凝と見られると魂魄（こんぱく）が痺れたようになり思わず、

「ええ、ええ」と頷いてしまった。

父は仏眼よりはらはらと涙をこぼして、

「そうか、よかった。本当によかった。おまえがそう言ってくれたので俺もようやっと大日如来のいい感じを楽しむことができる」

と悦んだ。しかし、現実に天下を治めるというイメージがさっぱり湧かず、ぬか喜びさせてもまずいと思って慌てて言った。

「ええ、まあ、やろうとは思ってます。思ってますけど本当にできるかどうかというとこれはまた別の話で……」

「大丈夫だ。おまえならできるよ」

「なんで確約できるんですか」

「それができるように俺はいまからおまえに未来記を語って聞かせよう」

「なんすか。未来記って」

問うたところ、父は驚くべきことを言った。父は、

「これからおまえが天下を取るまで、惟安家を再興するまで、どういう人生を送るかを具に聞かせてやろうというのだ。そしたら自信がつくでしょ。現実にも対処しやすいし」

と言ったのだ。

現実に対処しやすいというのは確かにその通りだった。一寸先は闇、といって先のことが一切わからないで普通の人間は生きているが、そんな人間のなかでただひとり先のことがわかっているというのはどれだけ有利かわからない。例えば馬券を買うと

する。多くの人間は的中するかどうかわからないで買っている。

ところが未来記によって、そしてこの日は競馬で大勝する、と知っていれば間違いなく儲けることができるわけで、或いは株式投資や商品先物取引、なんかでも先のことがわかればどれだけ儲けられるか知れたものではない。そうなれば義行のことなどどうでもよい。

とはいうもののそれは、この日は競馬で大勝する、とか、株でボロ儲けする、といった未来を啓示されての話で、その逆もあるのかも知れないが、しかし、それでも結果がわかっているのとわかっていないのでは随分と違う。

先日、駅で拾った新聞を読んでいたところ、近年、先行きの見通しが立たないことに対する不安が理由で自殺する若者が増えていると書いてあった。

別に若者でなくても、この先どうなるかわからないのは不安で、それがわかっているだけでも随分とストレスが軽減して明るく生きることができるはずだ。

しかも父は、天下を取るまで、惟安家を再興するまで、と言ったのであり、つまり途中に多少のアップダウンがあったとしても先行きは絶対に明るいということで、そういうことが先にわかっていると生きていてもの凄く気が楽だ。

このとき、ああ、父が大日でよかった。本当によかった。と、つくづく思った。

「是非、聞かせてください。僕の輝かしい未来記を！」

そう言うと父は、「わかった」と言い、目を開いたまま、印を結ぶようなことをしていたが、暫くして印を解いて言った。

「ええっと、おまえは確か一月生まれだったな。一月の何日生まれだったっけ」

「息子の誕生日を忘れたんですか。しっかりしてくださいよ。新暦の一月の十五日ですよ」

「ああ、すまんすまん。大日如来ともなるとそうした細かいことをいちいち覚えてられないでな。なるほど一月の十五日、ってことは山羊か。なるほど。わかってきたぞ。おまえの未来が」

「わかってきましたか」

「ああ、わかってきたとも。経高、おまえは先ず来年は、自分の仕事上の立場や役割が変わってくる。それは父の十三年忌の法要を怠ったためだ。なので人間関係とかもけっこう微妙になって人脈がゼロになってしまうだろう。そこでそれを打開するために習い事やなんかをして気分転換をはかるとよいでしょう。それがきっかけとなって一人のサーファーと出会う。こいつと仲良くしろ。おまえは間違いなく出世する」

「マジですか」

「マジだ。それから二年後、限界を感じたおまえはいまの家を出て秋田県に行くことになる。九月のことだ。だからこの年の夏休みは八月ではなく九月にとった方がいいでしょう。秋田に行く途中、三河安城のあたりでおまえは行きずり女と関係を持つが深入りするな。とんでもない女だ。そのことを経験を元におまえは詩を書いて何の気なしに投稿する。掲載された詩がAMラジオで紹介されて評判になり、最終的にはその評判が宮中にまで届く。そのことであなたの前に新しい人脈が開けるでしょう」

「マジですか」

「うん。マジだ。そしてそれを聞いたおまえの母、つまり私の妻がおまえに同行すると言い出して、え、おかん来んの。しゃあないなあ、もう。と言いながら三河安城で待っているとき、おまえの母は盗賊に襲われて死ぬ。先に言っておくがマジだ。それから暫くは精神的にも肉体的にもデトックス期間が続く。マイナーチェンジをするとよい。長いスパンで物事を考えよ。うまい話にはとびつくな。おまえは岐阜に戻る」

「ええ、戻るんすか」

「うん、戻る。戻ったとき、サーファーの善継の……」

「誰すか、それ」

「なにを聞いておるのだ。さっき言ったサーファーだよ」

「ずっと一緒だったのかよ」

「うん。一緒だった。その善継の部屋に盗賊が入るがおまえはこれを撃退する」

「さっきの盗賊ですか」

「いや別の盗賊だ」

「ずいぶん盗賊が多いんですね」

「ああ、多い。それから静岡県浜松市まで来たときに体調を崩す。この時期おまえは寝不足が続いて体の抵抗力がいつも以上にダウンしがちなのだ。夜は早めの就寝を心がけるべきだろう。ツイードの服を着るのもよい。だが、おまえはそこで死ぬことになっている」

「ええええっ。死ぬんですか」

「うん。死ぬ。だが、もしそこで行きずりの女と知り合っておまえを看病したらおまえは助かるので、なるべく行きずりの女と知り合いになっておいた方がよい。常にアンテナを張り巡らせてください。駅、ホテル、バー、銀行などでの突然のナンパもアリかも。メールにはまめな返信を心がけて。後は、これといった問題なく秋田県にたどり着く」

「で、いよいよ内閣総理大臣になるわけですね」

「いやあ、なかなか」

「経高、おまえがなるのは内閣総理大臣なんてつまらないものではない。もっと凄いものだ」

「ならないんですか」

「というと、アメリカ合衆国大統領ですか。しかし、秋田県で大統領にはなれんでしょう」

「いやいや、なかなか。そんなものでもない。はっきり言おうか？　言おう。おまえは秋田県でふたつの使命を帯びる。おまえはここで大きく変化する。飛躍の年となる。フルーツ狩りや花を愛でる旅にでるのもよいでしょう。しかし、そんな暇はないかも知れない。次から次へと仕事が舞い込んでテンテコマイの忙しさとなる。しかし、本来の使命を忘れてはならない。本当にやるべきことを見失ってはならない。おまえはそれを成し遂げることによって、ついに本物となる。真実への扉を開く。無量の光をみる。おまえに使命を与える人物について注意しなければならない。その人物は唐突におまえの前に現れる。え？　こんな急に？　って感じだ。しかも、きわめて静かに訪れる。静かすぎて訪れたか訪れないかわからないくらい静かなので、おまえは訪れたことに気がつかないかも知れない。しかし、おまえは周囲の様子を注意深くうかがってその人物が現れたことを察知しなければならない。察知しなければおまえはその重大な使命を帯びることができず、別の田中とか吉田とかそんな奴が使命を帯びることになる。また、その人物はきわめて特徴のない平凡な姿をしているので見落とさないようにしなければならない。反対に見つけてもらうのも手だ。メイクや髪の分け目を変えてみるのもいいかも。そしてさて、その使命の内容、及び、使命を遂行するにあたっての注意点だが……」

父がそう言ったとき、父の背後の大きな屋根が見える山裾の方から、きいいいいいいいいいいっ、という甲高い音が聞こえ、直後に、ガシャン、という軽いような、しかし、同時に重いような、なにかが割れるような、へこむような音、が聞こえた。自分が聞き慣れぬ異様の音だったが、交通事故の音だということは直ぐにわかった。自分が事故をするのは嫌だが、他人が事故をするのは愉快で、瞬間的に、おもろ、と思った。しかし、そう思ったのは一瞬のこと、意識はすぐに父の話の方へ戻った。

「あ、すみません。いま一瞬、気を逸らしちゃいました」

そう言って見上げたとき既に父の姿はかき消えていた。あたりに色と音が戻っていた。

すっげえ半端な感じが残った。すっげえ気持ち悪かった。

回転しながら自壊する葭簀張りの小屋のように時が崖を崩れ落ちていった。

街道沿いの安楽食堂に入った。焼付塗装の大きなテーブルと合成皮革のベンチ様ソファの間に滑り込むようにして座って、ドリンクバー、というものを註文した。コーヒー、紅茶からスープに至るまで、凡そ飲み物といえるものはすべて用意してあって、三百円でなにをどれだけ飲むも勝手次第ということらしかった。テーブルには新聞も用意してあった。

平日の夕方なれど客はそこそこ入っていた。子細ありげな三世代の家族連れ。明日にも馘首になりそうな営業マン、あからさまなニート、まるでフリーライターのような中年の女、などであった。その者たちはいずれも生気がなかったが、ズベ公あがりの若い不良主婦どもの集団がいて、その者たちは髪を染め太腿を露にし乳を尖らせ生気に溢れていた。放し飼いの幼き子供が甲高い声を上げて通路を走り、壁際のベンチ様ソファの背から絵画の額を手がかりにソファの背を覚束ぬ足取りで歩き落下して泣き叫んでも気にせず、芸能人の噂話やエロ話を辺りをはばからぬ大声で話していた。女たちの馬鹿笑いと子供の叫び声が反響して地獄のフードコートのようだった。きちがいのくさきをくさきのへどろにてそめぬるゆびのいろぞかなしき。

コーヒーを一口飲んで、うっ。と呻いて、それから、白日夢だったのかな、と思った。確かにこのところ義行のことなどで疲れすぎていた。人間は疲れると白日夢を見る。権威ある人がそんなことを言っていたような気がする。

自分はこれからどうなっていくのだろうか。いまの丸い目ってどんな目だろう。山羊の目は横線なのだが。

そんなことをついに思ってしまって嫌な気持ちになってしまったので、そんなものでも読んで気持ちを紛らわそうと卓上に置いてあった新聞を手に取った。

久しぶりに読む新聞は退屈だった。書いてあることの意味は読み取れるのだがその意が虚しく味が安食堂のグラターン料理のようだった。それでも我慢して最後から二番目の頁まで読み進めたとき、ある記事から目が離せなくなった。神鶏でサーファーが水死、という見出しの小さな記事だった。

義行善継という名の四十八歳のサーファーが波にのまれて死んだ。ただそれだけの三行ばかりの記事であった。

あいつ善継って名前だったのか。つか、義行って名字だったのか。てっきり名前だと思ってたよ。と誰かに言いたかったが傍らにはたれもおらなかった。結局きちがいだったのか。でも誰が？

そのとき突然、香がたちこめ、経が聞こえてきた。そんなはずは絶対にない、こんなところにありがたい経が聞こえてくるわけがない。そもそも誰が唱えているの？と思いつつも目を閉じて合掌した。父が大日如来であるということを否定したくない気持ちがそこに正直に言うとあった。

香りは甚だしい、耐えがたいけだものの放つ悪臭のようになっていった。草の嫌な臭いのようでもあって鼻が潰れた。経も轟音となって耳が潰れ、この潰れている状態を過ぎれば父のような、大日の感じになれるはず。

そうおもってずっと目を閉じ掌(てのひら)を合わせて耐えていた。もはや夜であった。経は果てしなく続いていつ終わるとも知れなかった。

文久二年閏八月の怪異

　文久二年の閏八月の二十日の夕方。朝早くから六万エーカーに用足しに出掛け、神田三河町の自宅に帰ってくると、玄関の三呎（フイート）四方の土間に薄汚れた男物のサンダルと小綺麗な女物のサンダルが脱いであった。

「なにしてなすったんです」

　私がサンダルを脱ぐ前に部屋のなかに居た男が言った。痩せて背が高く、意志的な目をした、はっきりした声の男だった。そしてその声の中に悲哀の調子があった。月代（さかやき）がバカのように伸びていた。私はその男を知っていた。いや、知りすぎているほどだった。男は権次という名前だった。権次は本業は西瓜売りであったが、ときどき私に雇われて私の助手のようなことをしていた。

「ゴンザレス。君は僕のことを調べにきたのか。いや、そうじゃない。用があって来たのだろう。用件を言いたまえ」

「そのゴンザレスってのはいったい誰のことです。もしかしてあっしのことですかい」

「ロドリゲスよりはいいだろう。その方はどなただ」

「冗談はよしてくださいよ、親分。用があってきたんでさあ。実はこの人は、あっしの知り合いで文字亀さんと云いやして常磐津の師匠をしている人でしてね、是非、折り入って親分にご相談申し上げたい、つうんでがすが、ひとつ話を聞いてやってもらえやせんでしょうかね」

「ふむ」

　私は黙って座敷へ上がり、その文字亀という女を見た。粋な、いかにも女芸人の着るようなシェイプのドレスと帯を身に纏(まと)っていた。漆黒の髪を上部にまとめ上げ、きらきら光る簪(かんざし)でこれをまとめていた。透き通るような白い肌。形のよい額。深い湖のように人を引きつける瞳。そして形のよい唇は発狂しそうになるくらい蠱惑(こわく)的だった。というか私は発狂した。

「なんでも言いなさい。できれば隠し立てせずにすべてを。聞いてあげよう。僕はこう見えて文字が読めるんですよ。子供の頃、亀を飼っていたこともある」

　文字亀というその女は表情を変えずに言った。

「はい。実は私ももう困り果てておりますような次第でございまして、他に心当たりもなく、半七親分さんにお縋りいたしたく、予(かね)てよりの知り合いの権次さんに仲立ちをお願いしたような次第でございます」

「なるほど。それで」

私はそう言って木製の抽斗(ひきだし)付きの木炭焜炉(こんろ)の抽斗を開け、茶葉の入った缶、陶製のポット、陶製の取っ手のないカップを取り出し、茶を入れた。

「さあ、どうぞ」

「あ、これは恐れ入ります」

「いえ、いいのです。ゴンザレス、君も飲むか」

「へっ、恐れ入りやす」

「いや、いいんだよ。火を熾して鉄の湯沸かしに湯を沸かしておいたのは上出来だったよ」

「ありがとうぞんじやす。ただ……」

「ただ？」

「ゴンザレスはよしにして頂きたいんですがねぇ」

「ああ、すまなかった、ロドリゲス、じゃなかった権次」

私と権次のやり取りを聞いて文字亀は初めてくすりと笑った。とろけるような笑顔だった。

「初めて笑ったね」

「あいすみません。私は……」

「いいんですよ。続けて」

「お願いしたいのは私の知り合いの寅松さんという人のことです。私と寅松さんとは将来を言い交わした仲で、来年の春に祝言を挙げることになっておりました。寅松さんは来年の春には別家をして自分のお店を持つから、だから祝言を挙げようとそう言ってくれたんです」

「ほう」

私は内心の動揺を隠してようやっとそう言った。私は四角い木炭焜炉の抽斗から細長いパイプを取り出してもてあそんだ。

女は私のその手元のあたりを見つめて言った。

「その寅松さんがいなくなってしまったんです」

「いつからいなくなったんです」

「先月の十日からです」

「最後に会ったのが十日なのですね」

「ええ、十日の朝に会って、その日の夕方に会う約束をしていたんですけど来ないんで、お店に行ってみたのですが、お店にもおらず、それでその日の夜からお店にも戻らず、もう一月以上戻らないのです」

「その寅松というのはどこかの店に勤めていたんだね」

「はい」

「その店はなんという店で場所はどこですか」

「市ケ谷合羽坂下の十一屋という質屋でございます」

「歳は」

「二十四でございます」

「わかりました。力になりましょう。おい、権次」

「へえ」

「聞いての通りだ。こちらのご婦人が困っておられる。力になってさしあげたまえ」

「力。そりゃまた藪から棒だ。どうすればよろしいんで」

「いまの話を聞いてなかったのか。こちらのご婦人の婚約者の寅松君の行方を突き止めて差し上げるんだ」

「そりゃそうでがしょうが、どうもいまの話だけじゃ、雲をつかむようで」

そう言って権次は金柑に蜜柑がぶらさがったような顔をした。

「ふうむ。君がそういうのはわかってたよ。わかりました。僕が探してみましょう。明日の夕方にまたいらっしゃい。その頃には目鼻が付いているだろう」

「ありがとう存じます。親分さん」

文字亀はそういって私の目を真っ直ぐに見た。頭の上に永代橋が落ちてきたような気分だった。女は立ち上がって履物を履き、頭を下げて頭と尻を七十パーセントと三十パーセントの割合で振りつつ権次に連れられて出て行った。私はじっとそれを見ていた。

権次が振り返った。私は、いけいけ、と言う代わりに掌（てのひら）を下にして腕を振った。

権次は首を振り戸を閉めた。

私はいったん土間におり、左手の棚から酒の入ったびんを取り出し、びんの酒を土のポットに注いで土のポットを鉄の湯沸かしに浸した。正気に戻るために違いなかったが、正気に戻れるかどうかは定かでなかった。

十一屋はなかなかの店だった。店先には箒目が立ち、木部はしっかりと磨き込まれ、つやつや光っていた。屋号を白く染め抜いた、スリットの入った紺色のカーテンをくぐってなかに入ると、凝固剤を混ぜて固めた土間があり、その先に一段高くなった場所があり、そこには縁に一吋の黒い縁取りのある藁のマットが敷き詰めてあった。同じようなマットは私の家にもあったが、私の家にあるマットは一枚が六弗（ドル）かそれくらいのものだったのに比べて、ここの家のそれは最低でも六十弗はしそうなシロモノだった。土間は鉤に折れて右の奥に続いていた。そこにも紺色のカーテンが掛かっていた。一段高くなったところの右の背後には三段の棚があり、棚には大きさのまちまちな、風呂敷に包んだものが突っ込んであった。正面には表面に海藻を漉（す）き込んだような奇妙な風合いのある紙を貼った引き違い戸があり、左側は漆喰（しっくい）の壁だった。装飾品は少ないが、その少ない装飾品のどれもが簡素で力に充ちて美しかった。

右の三段の棚の前に、高さ一呎幅三呎の格子になった木製の間仕切りがあった。間仕切りは、両側で奥に折れて二呎ばかり伸び、コの字形に中を囲っていた。その低い間仕切りのなかに木製の低いデスクがあり、開いたノートと、先端に束ねた馬の毛をつけた竹のペンとインクが置いてあった。格子の前面にも二種類の縦長のノートがぶらさげてあった。

店のなかは薄暗く、静まりかえっていた。外はなんだか暑いようだったが店の中は寒かった。私は一段高くなったところに腰掛けた。音がせずに引き違い戸が開いて、奥からストライプの着物を着て腰に黒いエプロンを巻いた中年の男が出てきた。「やあ」私は微笑を浮かべた。男は、「いらっしゃいまし」と笑わないで言った。彼は素早く私を観察した。おそらく一秒もかからなかっただろう。

六呎。百八十磅（ポンド）。ストライプの着物を着て、角張ったベルトを締めている。薄い灰色の上着を羽織り、白いソックスにサンダル履き。色は浅黒く、鼻が高く、表情に富んだ目。髪は鳶色。朝一番に質屋にやってくるにしてはタフすぎる外見。やくざではないが、まるっきりの堅気でもない。かといって芸人でもない。面倒くさい客ではないが、よい客ではけっしてない、といったところか。

そんなことを思っているに違いない彼はしかしそれを表情に出さずに言った。

「どういったご用件でございましょうか」

「質屋に鰯を買いに来る客はないだろう。これでいくら貸すかね」

私はそう言って、着物の胸の合わせ目を少し開いて鉤の付いた金属棒を見せた。

「こ、これは、親分さんでございましたか」

「親分と言うほどのことはない。僕の役所での正式な役職名は小者だ。月給はいいときで五十弗。悪いときは三十弗。そんな僕が果たして親分さんかね」

「これは恐れ入ってございます」

男はそう言うと、「定吉、定吉」と呼ばった。土間の右奥から間延びした声が聞こえ、それから、ストライプの着物を着て腰に黒いエプロンを巻いた十二、三歳の少年が、紺色のスリットのあるカーテンから顔を出した。

男は小僧に茶を持ってくるように命じ、自らは立って木製の間仕切りの向こうに行ってかがみ込んでごそごそしていたが、やがて戻ってくると私に小さな紙包みを手渡した。紙包みはごつごつしていた。私はその場でそれを開いた。なかに二十弗銀貨が入っていた。

「これはなんだい」

「えへへへ」

男は笑うばかりだった。私は言った。

「君は二十弗で僕を雇いたい訳か」

「滅相もございません」

「しかしこのかねを貰った以上、僕は君のために働かなければならない」

「いえ、そんなことは、それはもう、お気になさることはないのでして」

「こちらがあるんだ。君は定吉というのかね。茶をありがとう。二十弗を進呈しよう」

「これこれ、定吉、そんなものを本気で受け取るやつがあるか。茶をお出ししたら表を掃除しなさい。親分さん、子供をからかっちゃいけません」

「あふう。いや生憎、僕は真剣なんだ。どうしても受け取れというのなら、誰にも知られず豪雪の中に消えていった盲目の天才美少女歌手でも探すことにしよう」

「本当にもうおよしになってください」

「なるほど。じゃあこの二十弗は未亡人組合に寄附しよう。後で受取を送る。そのうえで聞きたいことがある」

「なんでしょうか」

男はうんざりしたように言った。

「君の名前は」

「佐兵衛と申します」

「もう長いのか」

「と、申しますと」

「ここには長く勤めてるのか」

「十一の歳に奉公に上がりまして、二十年になります」

「なるほど。長いな。ショップを守るホワイトラット、というわけか。じゃあ、寅松を知っているだろう」

と出し抜けに寅松の名前を出してみた。佐兵衛の顔にはなんの表情も浮かばなかった。佐兵衛はまるで質草を見るような目で私を見て言った。

「よく存じております」

「寅松がいなくなったときの様子を詳しく知りたいんだ」

「よござんす」

そう答えて佐兵衛は寅松が居なくなったときの様子を語った。

「あれは先月の十日の四つ刻でした。さる、お武家よりお使いが参りまして、屋敷まで参れというので私が参上いたしました。そのとき寅松はまだお店におりました。ええ、いつもと変わった様子もなかったように思います。と、申しましてもこの寅松という男は普段からおとなしい男といえば聞こえはよいのですが、なにを考えているのかわからないようなところがある男なので、変わっていてもわからないかも知れませんが、私の目には普段と変わらないように見えました。私がお屋敷から戻りましたのはよそへ回ったりしたものですから、八つを過ぎておりましたが、そのとき寅松はもう店にはおらなかったように思います。四つを過ぎてもまだ戻らないので店でも騒ぎになって、そのまま寅松はふっつり姿を消したのでございます」

「報告はしたのかね」

「へえ、明くる朝、番屋に届けました」

「それまで寅松は夜、帰らないってことはあったのか」

「いいえ、そんなことは一度もございませんので」

「あはあ。寅松の荷物は？」

「行李（こうり）がひとつっきりです」

「寅松はそれを持って逃げたのか」

「いいえ。二階の奉公人の部屋にそのままでした」

「まだ、そのまま？」

「いえ。国元に送りました」

「かねやなんかも？」

「かねは二分銀が何枚かとあとは銭が少々でしたが、これも国元に送りました」

「国元というのはどこなんだね」

「上州邑楽郡駄駄沢村です。この店の大旦那のおとっつぁんがそこの出でして、奉公人はそこから抱えるんですよ」

「君もそうなのか」

「いえ。私は金杉村の生まれでして」

「そうだろうな」

「いえいえ」

「褒めてるんじゃない。馬鹿にもしてないがね。しかし、わからないものだな」

「なにがでございます」

「寅松は来年、独立して支店を任せられることになっていたそうじゃないか。おまけに美人の芸能人との結婚も決まっていた。人生の上昇気流に乗って将来の幸福が約束されていたようなものだ。それなのに突然、姿を消すなんてどういうことなのだろうね。ところで寅松はハンサムだったのか。いや、いい男だったのか、と聞いてるんだ」

そう問うと佐兵衛は虚を突かれたように、あ、ああ、と言い、「役者みたようないい男だった」と言った。「それだ。それでおおよそ目星がついた」と私は言った。「質屋の番頭。上州出身。白いシャツの似合ういい男。三拍子揃っている。つまりは女だろうね。こっちに芸能人、あっちには大店の娘、ってわけだ。それもひとりやふたりじゃない。独立しなくても女で食っていけるのだろう。たいしたものだ。となると大体、方角はわかった。いや、どうも馬鹿馬鹿しい話だが、ありがとう。茶もうまかった。定吉はなかなかのものだ。お蔭で来週までは正気でいられそうだ。では、失敬する」

そう言って立ち上がりかけると、佐兵衛が、「あの……」と、言いにくそうに言った。

「なんだい」

「あの、こんなことを親分さんに申し上げるのは失礼千万なのは承知しておりますが、言わずに居るのも心苦しいので申し上げます。あの、なにかお考え違いをなさっているのではないでしょうか」

「僕は僕が間違っているとは思わない。君がなにかを隠していなければ、だが」

「いえ、隠していた訳ではないのですが。親分さん。いま仰った寅松が別家をするという話はどこでお聞きになったのでございます」

「文字亀から聞いたよ。寅松の婚約者だ」

「さてそれが私どもには不思議なのでございまして、いえ、親分さん、寅松に別家の話などとんとございません。その文字亀とかいう芸人のことも私どもは知らないのでございまして」

「帳簿は調べたかね」

「どういうことでございましょうか」

「寅松は女に独立すると言っていた。ところがそんな事実はないという。となれば考えられるのはただひとつだ。寅松は店のかねを誤魔化していたのだろう。それも端金じゃない。店を一軒出せるくらいのかねだ。帳簿に穴が開いているのはまず間違いないだろう」

「いえ、そんなことはありません、ただ……」

「ただ？」

「寅松の荷物のなかからなくなっていたものがありますので」

「なにがなくなっていたのだ」

「へえ、それがなんだかわからないのです」

「なんだかわからない？」

「へえ、白い紙に包んだ、これくらいの……」と言って、佐兵衛は両手を胸のところでひろげた。

「これくらいの四角なうすっぺらいもので、一度、寅松がひどく酔っ払ったことがあって、行李の底からそれを取り出して私に見せびらかして、これは百両、いや、千両くらいの値打ちのあるものだ、と自慢したことがあったんです。そのときは酔っ払いの戯言だと思って聞き流していたのですが、今度のことで行李を調べたらその、紙に包んだものがなくなっていたんです。私は寅松が持って出たのではないか、と思います」

「居なくなる前にどこかへ隠すとか預けることだってできたはずだが」

「へ、へぇ、まあそうなんですが、もしあれが本当なら寅松はここを辞めて店が持てたんじゃないでしょうかねぇ」

そう言うと佐兵衛は急に声の調子を変え、私の背後に、「いらっしゃいまし」と言った。

振り返ると、レモン色の地に黒い格子模様を染め出した着物を着た女が風呂敷包みを持って立っていた。私は佐兵衛に向き直り、それからもう一度、後ろを見た。女が居なくなっていた。女はいったん入ってすぐに出て行ったようだった。私は佐兵衛に尋ねた。

「いまのは？」

「さあ」

佐兵衛も首をかしげていた。女がつけていたパフュームの香りが土間に漂っていた。強烈なじゃこうの香りだった。私は立ち上がって店を出た。定吉が店先を掃除していた。私は定吉に声を掛けた。「さようなら、定吉」定吉はこちらを見もしなかった。

上州へのドライブはいつも退屈だ。単調な景色。砂塵。そんなものが表面からボリビアのように心を蝕んでくる。私は既にうんざりしていた。いまから上州に向かったところで今日中には着かない。そして着いたら着いたで箸にも棒にもかからない連中が一人占いをしているところへ魚釣り棒のようにくるまっていかなければならないのだ。そんなことをしていて楽しいのか、半七。楽しくはない。けれども他にすることもないのだ。

私は簡易食堂に入り、大豆から作った辛いペーストを塗った蒟蒻をくしに刺した皿と土のポットに入った酒を買った。私はくしを持って蒟蒻を囓り、土のショットグラスに酒を注いで飲んだ。私はどうかしていた。どちらもとびきりうまかった。それからどこをどうめぐったのだろうか。蒲焼屋に行き、蕎麦屋に行ったところまでは覚えている。その後、なにか光がチラチラするところで白いのど頸のようなものが伸びたり縮んだりしていたり、大きな三層の門と長い石階段のあるところで狂乱のようなことになっていたような気がするが判然としない、気がつくと私は冷たい地面に倒れ伏していた。

なんとか立ち上がってみた。どうやら私は大丈夫なようだった。頭がふらつき、髪に血と泥がこびりつき、肋骨に罅(ひび)が入っている。ただ、それだけのことだった。懐の、鉤の付いた金属棒も紙入れも無事だった。

遠くで猿が鳴くような声が聞こえていた。大きな殿舎が立っていた。遠くで白い服を着て黒いボーラーハットをかぶった男が箒で地面を掃いていた。私は神田明神で行き倒れていたのだ。本石町の鐘が町に時間を知らせていた。まだ六時だった。私は着物の泥を払って三河町のアパートに戻った。


アパートの部屋に巨大な猿が座っていた。猿はもの凄い匂いをまき散らしていた。猿の横にもの凄く小さな男が胸を反らして座っていた。私が入るなりもの凄く小さな男がきいきい声で喚(わめ)いた。

「どこをうろついてやがったんだ、半七」

「さあ、どこなんだろうね。僕にもわからない。なにしろひどく酔っ払ったうえに、誰だかわからない奴に殴られたようでね。ところで、猿を家に上げるのはやめてくれないかな。鼻が腐りそうなんでね」

　そう言いながら私はサンダルを脱ぎ少し高くなったフロアーにあがり、猿と小男の脇を通って、なかに灰がぎっしりつまった四角い木製の暖房装置の向こう側に座った。

「やかましいやい。わっしは昆布の福というものだぜ」

「驚いたね。喋るのか」

「当たり前だ。猿じゃねぇやな。人間様だ」

「この男をあまり怒らせない方がいいぜ。頭にくるとなにをするかわからない男でな。おのれの言うことなら大抵は聞くが、ときどきおのれの言うことすら聞こえなくなることがあってなあ、おい、福。ちょっと、この親分さんにいつもの余興をやってみせろ」

「ああ」

　昆布の福はそう言うと、手を伸ばし傍らにあったティーカップを手に取ると、ニヤリ、と笑い、これを親指と人差し指で摘まんで割った。「そ、そのティーカップがいくらするかわかっているのか」と、言いたかったがそれは八仙（セント）かそこらの安物だった。

「これは驚いた。ひとつお手柔らかに願いたいものだね。こっちも一応、こういうものを持っているんでね」

私はそう言って懐から鉤のある金属棒を取り出して見せびらかした。

「ははは、おきねぇ。ちんぴら。こちとらそんなもんじゃびくともしねぇのさ。俺たちをここに寄越したお人の名前を聞きゃあ、おめぇの方であべこべに縮み上がるだろうよ」

「ほほう。たいした権幕じゃないか。出口はわかっているね。そこだ。間違えて入ってきたのだろう。ここでは目は売っていない。両国に行けば或いは売っているかも知れない。そっちに回ったらどうだね」

「なにを抜かしやがる。こちとら目を買いに来たんじゃねぇ、てめぇに用があるから来てんだよ」

「だったら訳のわからない空威張りはやめて用件を言い給え」

「そりゃそうだな。おい、福。あれを出せ」

大きな猿が懐からなにかをとり出してこちらに向かって放り投げた。ちゃん。音がして藁のマットのうえに落ちたのは十枚の金貨だった。

「その十両は手付けだ。首尾よくやり遂げりゃあ、もう十五両だす」

私は金貨に手を触れないで言った。

「千弗なら私を半年間、雇いきりにできる。で、なにをすればいいのかね。肩からバラの香りのする鳩を出せばいいのか。或いは兵隊六人を肩に乗せて永代橋の欄干を日に百往復すればいいのかな」

「へらず口を利くな、ちんぴら。いいか。俺たちに十手風を吹かせようったって無駄だ。かねが欲しかったら言われたとおりに動け。一週間以内に、雁木竹洞という絵師の居所を探して俺のところに報せにくるんだ。雁木竹洞の住まいは下谷山崎町がたがた裏。もちろんいまはずらかりやがっていねぇんだけどな。俺の住まいは高砂町の大黒屋という店の裏の横丁、名前は藤戸という。あの界隈で藤戸といやぁ、たいがいわかるはずだ。わかったか。おい、半七。わかったらなんとか言ったらどうだ」

「大概はわかったが、二、三、わからないことがある」

「なにがわからない」

「まず、僕の雇い主は誰なんだ」

「なにを聞いたようなことを言ってやがる。おのれは界隈ではちったあ知られたお兄いさんだ。おまあんの雇い主ゃあ、まず、おのれだと思いねえ」

「馬鹿なことを言うな。芋売りからのし上がった君が千弗なんて大金をぽんと出せるわけがない。さあ、言え。雇い主は誰なんだ」

「いい度胸だな、半七。早く決めろ。十両もらって言う通りにするか。それとも昆布の福の指万力で頭を潰されるか。こっちはどっちでもいいんだぜ」

「ふむ。本当にやりそうな目つきだな」

「俺はてめぇみてぇな野郎の頭を潰すのが大好きなんだよ」

「そうなんだ。こいつは香山川梨花庵先生に診て貰ってるんだが、ときどきどうしようもなくなっちまうんだ。てめぇでてめぇがわからなくなるのよ。そうなったら俺の言うこともきかねぇ。さあ、どうする。言われた通りにするのか、しねぇのか」

「そう言われても……、臭くてねぇ、考えがまとまらんのだよ」

私はそう言って細長いパイプの先端部に煙草を詰め、火を付け、次の瞬間、長いパイプを昆布の福めがけて投げつけた。そして懐から鉤の付いた棒を取り出し、「おとなしく、素直にしろ」と怒鳴りながら昆布の福の首の横を殴りつけた。

考えてみればおかしな話だった。

私は、おとなしく、素直にしろ、と怒鳴っていたが、彼らは素直だったかどうかはともかくとしておとなしくはしていた。むしろ私の方がパイプを投げたり、金属棒を振り回したりして暴れていた。態度も素直ではなかった。だから、おとなしく、素直にしろ、というのは間違いだったかな。と、朦朧とする意識で思った。

昆布の福はまさに化け物だった。

通常、あれだけ強く金属棒で首を打たれれば、どんな凶暴な奴でも一瞬でおとなしく素直になる。しかし昆布の福にとっては蚊がとまったようなものだった。福は片手で金属棒を払いのけ、次の瞬間には片手で私ののど頸をつかんでネックハンギングツリーの形で私を持ち上げた。私の後頭部が、リンテルのうえの、白い塗装しない板でできた祭壇にがんがんぶつかり、祭壇の酒を満たした小さなポットや細長い花瓶に挿した常緑樹の枝が倒れて床に落ちていった。猿の臭い匂いが鼻孔に充満した。

「げははは。喉つ首を折ろうか、それとも脳天を砕こうか。げははは」

猿が笑った。意識が遠のいて、ぐきっ、という嫌な音が遠くで聞こえた。

「はなしなさい」という声がした。おそらく神様の声なのだろう、私は藁のマットのうえに崩れ落ちた。私は咳をした。涙と鼻水と涎が噴出した。私は立ち上がろうと努力した。永代橋を独力で架橋するよりは易しそうに思えた。何度か失敗して、ようやっと肘をついて上体を起こすことに成功した。

よくやった。半七。おまえはやればできる男だ。お前がその気になればボールペンだってへし折ることができる。ただ、相手は指先でティーカップを割ることができた。それを忘れていたのは迂闊だったな。

声がした方に目をやると、隣室との境、木枠に紙を貼った間仕切のあたりに神様が立っていた。

神様は黒粒のような細かい文様が一面にある上質の絹で拵えた薄緑色の着物を着てストライプのゆったりとしたジャケットを羽織っていた。ジャケットの前の部分を緑色のひもで結んでいたが、そのひもだけで五十弗はしそうだった。

藤戸と昆布の福は神様の前にひれ伏していた。

ひれ伏す民に神様が声をかけた。

「誰が殺せと言った。私は仕事を頼んでこい、と言ったのだよ」

言われて藤戸が、びくっ、と体を縮こまらせ、そして言った。

「いや、それがその、こいつがあんまりわからずやなものですから」

「だからといって殺すことはないでしょう」

「いえ、脅すつもりだったんでさあ。け、けど、旦那様、いってぇぜんてぇどうした訳でこんなところへいらっしゃったんでがす」

神様はそれにには直接答えず、私に向かって言った。

「おまえが三河町の半七か」

「そうだ」

「奉公人が失礼をしたが悪く思わんでくださいよ」

「努力してみるよ。ところであんたは」

「相模屋久兵衛」

「ひゅう」

「私の名前を聞いて口笛を吹くのはどういう訳かね」

「だってそうだろう。相模屋さんといえばこの街で、いや、この国で指折りの海産物問屋。当主の久兵衛は百億弗の資産を持っているという評判だ。僕とは住む世界の違う人間だ。そこの大した親分さんが、なぜここに、と驚くのも無理はない。僕だってそう思う。あなたがここにいるのは火星人がこの暖炉の前に座ってうまそうにかけそばを食っているのと同じくらい不思議なことなんだ」

私はそう言ってなんとか立ち上がった。

「ははは。お若い人がそう思うのも無理のない話ですな。しかしまあ、世間というのはくちさがないものですな。手前は千万両の資産なんて持っておりませんよ。持っているのはせいぜい二万両と後は小銭ですよ。後は地所を少々と、自前の廻船を持っているだけで、御上にも世間様にも気を遣って細々と日々の商いをしている商人ですよ。だから私は用があればどこにでも参りますよ。自分の脚でてくてく歩いてな。そうしないと商売というものは廃ります。けれどもそのお蔭さまでこの歳になるまで風邪ひとつ引きません。あ、それにな。私はいまの身代を一代で築いたんですよ。親から受け継いだんじゃないんです。そのために私はなんでもしてきましたよ。なかには人なかで言えないこともありますよ」

「あなたは若い頃、長崎にいらしたそうですね」

「ほっほっほっ」

「そのときあなたが手荒な仕事をしたかもしれないことはわかりましたが、僕の疑問には答えていない。なぜここに来たんですか」

「私にそんな口をきく人間はいない」

「すみません。言い直します。Por qué has venido aquí」

「はははは。おもしろいお人だ。私はスペイン語はわかりませんよ。オランダ語なら少しは話すが」

「僕はオランダ語は話せません」

「それが人と人の会話というものですよ。それを踏まえたうえで、なぜ私はここに来たか。それについて話しましょう。というのは、あんたの顔を拝んでおきたかったのじゃ。あんたがまっつぐな人間かどうか、知っておきたかった。もうひとつはこの男のことでな」

相模屋久兵衛はそう言って、藤戸をじろっと睨んだ。藤戸は座ったまま二呎ばかり飛び上がった。

「藤戸。私は歳をとって耄碌してしまったのだろうか。半七親分に渡す手付け金として二十五両おまえに預けたつもりだったのだが、おまえ、親分にいくら渡した。えっ。いくら渡した。なんとか言わないか、こら」

「へっ。じ、十両でがす」

「と、なるとおかしいなあ。残りの十五両はどこにいったのだろうか」

「おそらく夢のなかに消えたんでしょう」

「私はそうは思いませんよ、親分。そういえばこないだから腑に落ちないことが多かった。おい、昆布」

「はい」

「この男を連れて一足先に帰っていなさい。帰ったら着物を全部脱がせて、縄で縛って、目を糊でふさいで四番蔵に放り込んでおけ」

「ひいいいいっ、おゆ、お許しを」

藤戸は泣き叫び、小便を垂らして許しを請うた。相模屋久兵衛は藤戸を見ないで言った。

「早く連れて行け」

「合点承知の助」

昆布の福はそう言って小さな藤戸を小脇に抱えて出て行った。抱えられた藤戸はつり上げられた魚のようにびくびくしていた。藁のマットのうえ、そして入り口の土間に点点と小便の跡が残っていた。昆布の福の臭みも。

呆然としてその後ろ影を見送っていた私に久兵衛が言った。

「いや、お見苦しいところをみせてしまって、相済まぬことでした。ところで、茶を一杯頂けませんかな」

「失礼、うっかりしていた。少し待ってください」

私は湯を沸かして茶を作って、カップに入れて出した。それとは別に、小さな豆で作った餡を方形に練り固めた甘い菓子を薄く切って皿に盛って出した。一棹五弗の高級品だったが相模屋なら普段から十弗はするのを食べているのだろう。それから私は、炭火を入れる小さな木製の容器と小さな竹筒の入った、ハンドル付きの四角い木製の箱を差し出した。

「ありがとう。さあ、座った。ああ、やはり話は座ってするものだ。さあ、あんたも座りなさい」

「ここは僕の家だ。座りたければ座るさ」

「では、立っているのかね」

「いや、座る。なぜなら座りたいから」

「けっこうですな。で、どうなんです」

「なにがかね」

「私の頼みを聞いて貰えるのかな」

「答えはノーです。あなたは臭いごろつきを寄越した。僕は脅迫されて仕事を受けることはしません。しかもあんなに臭くされて」

「私がじきじきにやって来てるんだが」

「別に僕はありがたくない。僕は君の使用人じゃないんだ」

「まだね。ところで三十両は欲しくないのかね」

「あれ、トータルで二千五百弗じゃなかったんですか」

「五両は小便の掃除代です」

「そりゃ、欲しいですよ。ただ、訳のわからない仕事は引き受けられない。仕事をするのであれば、その絵描きとあなたの関わりや、なぜあなたがその絵描きの居所を知る必要があるのか、ってことを聞いておかなければならないし、また、その絵描きは行方をくらましているそうですが、なぜ行方をくらまさねばならなかったのかについてもあなたが知っていることがあれば聞いておかなければならない。そのうえで僕は仕事を引き受けるかどうか判断します」

「何度も言うが私にそんな口の利き方をする者はないんだが」

「ここに一人居ます。目でも売りましょうか」

「いや、間に合っている。それより一杯頂けないかな」

「いいでしょう。ちょっと待ってください」

私は塗装した竹ひごを巻いた取っ手のある錫の酒沸かしに冷たい酒を入れ、四角い木製の暖房装置にかけた鉄の湯沸かしのなかの湯につけ、二分半後に引き上げ、二つの、取っ手のない土のカップにかっきり半量ずつ注ぎわけ、ひとつを久兵衛の前に置き、ひとつは自分が飲み干した。久兵衛はこれを一口舐め、顔をしかめて盆の脇に置いて言った。

「雁木竹洞は私が目をかけている絵師だ。いまはまだ名前もないが、いずれ世に出るに違いないと私は睨んでいる。それで日頃からいろいろと面倒をみておったのだが、この男、少々、身状が悪くてなあ。博打場に出入りをして借金なども拵えているようだった。素性の悪い女とも関わりになっているようで、とうとう切羽詰まってしまったのだろう、どこかへ姿を隠してしまいおったのじゃ」

「口を挟んで申し訳ないが、あなたが借金を肩代わりすればよかったんじゃないのか」

「ああ、しましたよ。何度も。ただ、この度は断った。どうで私が払う、という心持ちが気に入らなかったし、それではあの男のためにならんと思いましたでな。けれども、あれだけの絵を描く男をむざむざ野垂れ死にさせるのも惜しいのでな。ひとつおまえに頼んで探して貰おうとこう思ったわけさ。という事情を話せば引き受けて貰えるのかな」

「なるほど。わかりました。千弗は取りあえず預かりましょう。ええっと、雁木竹洞の家は下谷山崎町がたがた裏でしたね。そして博打場に出入りしている。国はどこですか」

　そう聞くと久兵衛は不思議そうにまばたきをして言った。

「国？　国は日本だろう」

「そうじゃない。出身地のことを言ってるんだ」

「ああ。それは上州邑楽郡駄駄沢村と聞いている」

久兵衛はさりげない口調でそう言った。


下谷山崎町にいたる道は閏八月の狂気と混沌に激しく蒸し窪んでいた。延々と続く彩りに充ちた幅の広い道は低木すらなく、ただただ庶人・凡下の営みをまだらに映し出していた。道は埃と腐敗してボルネオのチャーハンのようになった空気でざらつきながらねとついていた。どこかから腐った、真緑の水の匂いが鼻から脳を直撃した。水の中の生物の気配はなかったが、魔物の気配は確かにあった。私は上衣の裾を帯にたくし込み、着物の裾も尻が丸見えになるくらいに引っ張り上げて、極端ながに股になったり、手の甲で顔をぐにぐにしたりして歩いたが、道の発狂ぶりは鳶の外皮ほどにもほどけなかった。仏たちが堀端の土盛りに植えられた柳の下に棄てられた残飯にたかっていた。肌の腐った女乞食が蹲って一心になにかを吸っていた。大量の紙くずが風に吹かれて舞い上がり、空中で踊りながら城(シヤトウ)の方へ消えていった。

広小路を過ぎて車坂町を右に曲がったところが下谷山崎町だった。背後の切り立った崖の上に宏壮な寺院が聳(そび)えているはずだったが、がたがた裏からは見えなかった。がたがた裏の細い路地に入ると真っ黒な塊が唸りをあげて空中でぶるぶるしていた。蝿だった。細い道の真ん中に乾いて反った板で蓋をしたどぶが流れていた。その両側に幅三呎奥行十二呎の、最下級の棟割長屋が六軒宛あった。手前に塵芥溜があり、中程に共同井戸があり、突き当たりに共同便所があった。なにもかもがいまにも崩壊寸前という様子だった。人の姿はなく、なにもかもが滅びかけ、蝿だけが生を謳歌していた。

雁木竹洞の家は右の奥から二軒目だった。表は雨戸でふさがれていた。私はハンカチで鼻を押さえ、共同便所の前を通って裏に回った。裏に窓があった。暫くがたがたやったが開かないので、面倒になって拳で突くと、木材があっけなく壊れ、私は苦笑して窓からなかに入った。

画家の部屋は雑然としているもの、と思っていたが部屋のなかはがらんとしていた。裏の窓から入って左側に、背の低いL字形の衝立があり、隅に衾が積み重ねてあった。

窓の右側には紙が散らばり、絵の具のこびりついた小さな皿が何枚か積み重ねてあった。

ひもで綴じた画帖があった。練習帳らしく、椅子、小魚、鳥、女、杯、薬罐、草、人形、蕎麦屋の親爺、などが輪郭線で描かれていた。絵を描くのが好きで、かつ、なかなかに練習熱心であったようだったが、腕前の方はいまひとつのようだった。よほどの物好きでない限りかねを出して雁木竹洞画伯の絵を買うものはない、と誰もが思うような絵だった。

ところが、散らばっている紙の方はそうではなかった。殆どが描きかけて途中でよしたものだったが、こちらの方は多くの愛好家がいるのではないか、と思わせる芸術作品、極彩色のわ印だった。

部屋にはその他にフロアースタンドとなかに灰の詰まった陶器の暖房器具が置いてあるだけで、手がかりになりそうなものはなにもなかった。

部屋ががらんとしているのに比べて一段下がった流し台のある土間には様々の生活器具が置いてあった。左の壁際に米の入った木箱があり、正面のやや左に紙を貼ったスライディングドアーがあり、その右側に流し台があった。そのさらに右側にもいろんなものが置いてあるようだが、部屋と土間を間仕切るスライディングドアーに遮られてみえなかった。

それらに反り返った雨戸のすきまから筋状の光が射していた。

その男は流し台の右奥、水を満たした土甕の脇にひっそりと立っていた。

筋状の光が男にも射していた。男はつま先で立っているように見えた。男の首に掛かったロープが天井に伸びていた。男は確実に死んでいた。男の足元に女物のハンカチが落ちていた。男の死の匂いに混じってじゃこうの香りが強く香っていた。私はハンカチをハンカチでくるんでポケットにしまった。


「死んでいたのは寅松に間違いねぇんですかい」

「ああ。十一屋の番頭が間違いないって言ってたからね」

「けど、親分はなんであれが寅松だとふんだんでがす」

「ふん。探偵の直感ってやつかね。結局、最後は直感がものを言う。それにあの男ぶりは他にあるものじゃない。女で食っているやつ特有の顔だ」

「なんで文字亀のいろが相模屋の旦那の探している絵師の家で自滅したんでやしょうね」

「自殺と思うかね」

「どっからどうみても自滅じゃねぇですか」

「どうかな。寅松は相模屋を強請(ゆす)ってたんだ」

「種はなんです」

「権次。文久の改革って知ってるか」

「存じやせん」

「いや、越前の松平春嶽あたりが中心になって、このままじゃ、政府が弱体化するばかりだから、死にもの狂いで、天地がひっくりかえるくらいの改革をやらなければならない、とか言って、今年の五月あたりからさかんに改革をしているんだ」

「へえー。ちっとも知りやせんでした。どんな按配でがす」

「まず、将軍がね、千代田の城で飼っていた鳥を全部逃がしたんだ」

「鳥？　鳥が改革と関係ありやすか」

「ある。改革の目的は、武威を輝かして皇国を世界第一の強国とすることだからね。征夷大将軍が鳥を見て心を慰めているようではやはりだめでしょう。あと、ああいうところが飼う鳥は非常に費用もかかるからね。倹約ということだよ」

「うーん。でも鳥ですか。それ以外にはなにもしなかったんでやんすか」

「やった。主に人事だ。将軍側近を改革派で固めて、芙蓉の間詰の実務官僚を政治の中心に引き入れて老中を圧迫したりとかね。あと、朝廷の要請って感じで七月に一橋慶喜が将軍後見職になって、それから松平春嶽が政事総裁職になった」

「へー」

「あとはこまかい行政改革だね。お茶壺道中を簡略化したり、芙蓉の間詰の奉行が御用部屋に入っていいことにしたり、参勤交代を緩和したり、服装の決まりを簡略化したり、あと、さ来月からは、将軍が一般道を通るときに窓をふさがなくてもいいことになるらしい。ま、自由化というか、簡素化ということ、そんなことをやっているんだよ」

「なーるほど。じゃ、ちったあ世の中がよくなるんでやしょうね」

「なるものか。将軍の権威・御威光なんてものは非合理だから成立するんであってね、合理化してしまったら権威なんてものは忽ち(たちま)にして地に落ちるに決まってるんだよ。そしていったん落ちた権威は二度と元に戻らない。メキシコ人は権威は栗のように下には落ちないと言ったんじゃなかったのかね」

「あっしゃ、無学なんで一向わかんねえ」

「とにかく僕は相模屋に行って内儀とあって来た」

「あ、そうなんでやんすか」

「ああ、あれも文久の改革と同じことさ。つまりは保身なんだよ。為天下、なんていってもね、その天に連なる自分の問題がはっきりしない限り、所詮は保身なんだよ。将軍も幕閣も商店の夫人も。相模屋の夫人は絶品だね」

「らしゅうがすな。あんまりいい女だものだから、見ていて気が違ったやつが三人いる、って評判でさぁね」

「それが寅松の強請の種ってわけさ。あの内儀は非合理の神秘に包まれている。だからこそ相模屋の夫人におさまって豪勢な暮らしができる。ところが寅松はそれをいっぺんに合理化する種を握ってたって訳さ」

「なんなんですそりゃ」

「わからないか。絵だよ。僕はある組織にかねを払って相模屋の夫人の素性を調べて貰った。そしたら相模屋の夫人の出身地がわかった。どこだと思う」

「わかりやせん」

「相模屋の内儀は上州邑楽郡駄駄沢村の生まれだった」

「まってくんなさい。確か寅松も」

「そう。寅松も上州邑楽郡駄駄沢村の生まれ。そして雁木竹洞も上州邑楽郡駄駄沢村の生まれなのさ。ということは年も近いこの三人になにか関わり合いがあると考えても強ち間違いはないだろう」

「それはそうでやんすね。けンどその絵ってのはなんなんでがしょう」

「相模屋の内儀が誰にも見られたくない絵だろう。その絵の話をしたら相模屋の内儀の顔色が変わった」

「ってえことは、あっ。寅松をやりゃあがったのは相模屋の内儀」

「僕はそうは思わない」

「じゃあ、誰でがす」

「大凡の見当はついているが、もう少し材料が必要だ。じゃこうの香りのする材料が」

「それを探りにいくわけでやすね」

「僕なりの文久の改革さ。くだらない改革だよ」

「でも、それでもやる」

「やらなきゃしょうがないだろう。僕は探偵だ」

「十手持ちでがすからね」

「くだらない金属棒だよ。じゃあ、そろそろ行こう。権次」

「え？　どこへ行くんでやんすか」

「わかるものか。もっと人間らしくしろよ、権次」

「ええ、いいんですけど、あのお、親分、一言だけよろしゅうがすか」

「もちろんだ。だが手短に願うよ」

「なんか変じゃないですか」

「なにが」

「へぇ、あのお、なんか、親分、ひとりだけ乗り、違ってませんか」

「違ってる？　なにが？」

「なにが、ってことはないんですけどね、なんかこう、ひとりだけ違う世界にいませんか」

「人間はもともとみんな違う世界にいるのさ。それを認められるタフな人間と認められないヤワな人間がいるだけさ」

「そんなもんすかね」

「そんなもんだよ」

「けど、親分、それじゃ寂しくないですか」

「さびしいよ。だからいろんなものを翻訳するのさ。私を天に翻訳したり、天を私に翻訳したりね。つまりは文久の改革さ」

「なるほど。おっと、あそこで人だかりがしてやすぜ」

「行って尋ねるがいいさ。大方、相模屋久兵衛の死体でも転がっているんだろう」

「まさか。でもみてきやす」

そう言って権次が駆けていった。河童のように駆けていった。権次はこのままどこまでも駆けていって戻ってこないのではないか。ふとそんなことを思う私の脳天に神田三河町の閏八月の光が照りつけていた。私は永遠の閏月を生きているのではないか。そんなばかげた考えが頭をよぎった。だがそんなことはけっしてない。来月は間違いなく九月になる。なにがあっても月末には家賃は払わなければならない。なにもかもが不確かなこの状況のなかでそれだけははっきりしている。それだけがはっきりした間違いのない事実なのだ。

百万円もらった男

男は困惑していました。

男は日が射さないじめじめした部屋の壁に凭れて長いこと動かないでいました。

男は誰に言うとなく言いました。

「ああ、腹が減った。動くと腹が減るのでじっとしていたら、腹が減りすぎて動けなくなってしまった。ならば出前でもとればよいのだが金がなくてそれもできない。なんでこんなことになってしまったのか」

男はギター弾きでした。

男の奏でる音楽は仲間内でも評判がよかったのですが、男は劇場のマネージャーに嫌われていたため、あまり仕事を貰えず、年中、貧乏をしていました。

それでもなんとか飢えない程度には仕事を貰えていたのですが、この三ヵ月間は、まったく仕事がなく、わずかな蓄えも底をつき、男はついに一文無しになってしまったのでした。

「六万八千円の家賃を先月から滞納している。今月も滞納すれば俺はこの部屋を追い出される。そうすると俺は宿無しだ。宿無しになるのと女に振られるのとではどちらが悲しいのだろう。きっと同じくらい悲しいはずだ」

と、男は嘆きました。美しい顔としなやかな身体を持つ女を思い切ってデートに誘ったところ、思いがけず女は応じてくれました。男は半年前に女と別れました。女は同じ劇場に出ているダンサーでした。男は半年前に女と別れました。女は同じ劇場に出ているダンサーでした。

ところが二度逢い、三度逢って、また誘ったら断られました。

「あなたの音楽は好きだが、普段のあなたはちっともおもしろくない。また、あなたには将来性がない。私は自分の人生を大切にしたい。別れたい」

と、女はそう言いました。男としても、そこまではっきり言われて反論の余地もなく、これを受け入れるより他ありませんでした。

金のことから女のことを思い出し、切ない気持ちになった男は、自分でもそうしていることを意識しないまま左手を伸ばしました。いつもそこに立てかけてあるギターを取ろうとしたのです。

ところが左手は虚しく宙を彷徨(さまよ)いました。ギターはとっくにパンやワインやケータイ代になっていました。そのパンやワインもいまやありませんでした。男の周りにはなにもありません。

ああ、まるで目が眩（くら）むようだ。

と、男は思いました。日が暮れかかっていました。習い始めたばかりのたどたどしいピアノの音がどこかから聞こえてきました。

男は飛び上がりました。突然、ケータイが鳴ったからです。このところ男に電話がかかってくることは滅多になかったからです。表示された番号は知らない番号でした。先月、消費者金融で五万円借りたが、まだ、返済日じゃないはず。或いは返済日を間違えていたのか。そう思いつつ男は電話に出ました。

「＊＊＊さんですか」

「はいそうです。返済の件ですか」

「返済？　なんのことです」

「あ、違うんですか。あ、よかったよかったよかった。でも、じゃあ、なんですか」

「仕事を頼みたいんですよ」

「え、マジですか。ああ、あの、よろしく、よろしくお願いします」

「こちらこそよろしくお願いします。それで急で申し訳ないのですが、いまから出られますか」

「ああ、いまからですか。困ったなあ。実は手違いでいま手元にギターがないんですよ」

「それはけっこうです。とにかくいらしてください」

「わかりました。どこに行けばいいですか」

そう問うと電話の主は男がいつも出ている劇場の近くの喫茶店を指定しました。

男はこれまでその店に入ったことがありませんでした。毎日のように前を通っていましたが、古くさい感じのその店には入りたくなく、いつもは今風のチェーン店に入っていました。

男は店内を見渡しました。真ン中が膨らんだ白い円柱があり、ところどころに彫刻や植物が置いてあり、池と噴水があり、ところどころに紗の幕があり、湾曲した階段がありました。階段の手すりは金色でした。池には錦鯉が泳いでいました。

客は少なく、顔色の悪い中年の男がひとりいるばかりでした。注文を取りに来たタイ人のような女性にコーヒーを頼み、それが運ばれてくる頃、自動ドアーが開いて、背の高い、白シャツに黒ズボンを穿いた男が入ってきました。男は手首にゴールドのチェーンを巻き、甚吉袋を持っていました。背の高い男は男の姿を認めると、迷わず真っ直ぐに歩いてきて、男の前に座り、「初めまして。八甲田大八です。大八っつぁん、と呼んでください」と言って名刺を差し出しました。

大八っつぁんはすぐ用談に入りました。大八っつぁんは男に、あなたの才能を買いたいのです。と言いました。男の才能には価値がある。ところが世の中の人はそれに気がつかず、男は正当な処遇を受けていない。それは見るに忍びなく、そこで大八っつぁんが男の才能を買いたいがいかが。売る気はあるか。という意味のことを言ったのでした。

男は、やはり努力は無駄ではない。見てくれている人がいたのだ、と思い、大八っつぁんに感謝し、音楽の神に感謝しました。と、同時に大八っつぁんの厚意にも報いたい、大八っつぁんの役に立ちたい、とも思いました。才能を買う、ということは大八っつぁんは、いま出ている劇場よりもっと大きな劇場の支配人かなにかで、そこに出ろということ、或いはもっと別の立場で、もっと大きな舞台に出ろということかも知れないが、どちらにしても、大八っつぁんの厚意にできるだけ報いたい、というのはその期待を裏切らない演奏をしたいし、それになにより、そうして活動の場を与えられるのはうれしいことだ。けれどもそれも相手のニーズによる。相手がどんなものを欲しているのか、それを見極めることが大事だ。それをしないで突っ走ると相手の気分を害して、折角の好機を台無しにしてしまう。そう思った男は問いました。

「わかりました。そう言って貰えるの、すっげ、うれしいです。それで、あの、ひとつだけ聞きたいんですけど、俺は具体的になにすりゃあいいんですかね」

大八っつぁんは言下に答えました。

「なにもしなくていいんです。私はあなたの才能を買いたいだけです」

大八っつぁんの答えを聞いて男はがっかりしました。ああ、そうなんだ、そういうことなんだ。と思いました。買いたい、などと偉そうなことを言っているが、そこに仕事が介在しないのであれば大八っつぁんは、劇場の支配人とかそういうことではなく、ただの男の音楽のファン、ということで、結局は、俺はそんなものは貰ったことはないが、楽屋にときどき届く豪勢な花束やチョコレートとたいして違わないということだ。アハハン。一瞬でも期待して損したな、と思ったのでした。

しかし男はすぐに、けれども、と思い直しました。

けれども、買いたい、と言った以上、まさか、ぬいぐるみや花束ということはなく、少なくとも幾ばくかの現金だろう。たとえそれが五千円であってもいまの俺には干天の慈雨。それはそれでありがたく貰っておけばよいのではないか。

　そう思った男は大八っつぁんに言いました。

「わかりました。ありがとうございます。売ります。でも、はっきり言って八甲田さん、いくらで買うおつもりですか」

「いくらだったら売って貰えますか」

「そうですねぇ、俺も五千と言われたら泣きますねぇ。せめてその倍はないと」

「あああ、やっぱりねぇ、いいものは高い、と言いますが本当ですねぇ。一億はおろか、五千万でも僕には無理です。諦めます。さようなら」

「待ってください。ちょ、ちょっと待ってください。いまなんて仰いました？」

「いやだから、五千万は無理だと」

「それって、円、ですよね？」

「はい」

「そうですかー。困りましたけど、じゃあ、いくらだったら買えるんですかね」

「百万円が限界です」

「ああ、そうですか。たった百万円ですか。この俺の巨大な才能が百万円ですか。うーん。しょうがないな」

「駄目ですか」

「売りましょう」

「はい。ではここに百万円ありますので。どうぞお納めを」

「毎度ありがとうございます。領収書は必要ですか」

「いりません。じゃあ、これで」

「もう、よろしいのですか」

「ええ、じゃあ、私はお先に失礼します。ここの支払いはお願いしますよ」

「わかりました。さようなら」

「さようなら」

挨拶をして大八っつぁんは出ていきました。テーブルのうえに百万円の札束がありました。隣の隣の席の顔色の悪い男がその札束と男の顔をジロジロ見ていました。男は周章てて札束を上着の内ポケットに入れ、そそくさと店を出ました。ドアーを開けると、外には、音楽や人の話し声や自動車や建設現場のノイズが充満して、信じられないくらい喧しく、男はこれらの音がのしかかってくるように感じました。

男はほくそ笑みました。男の前に百万円の札束がありました。正確にはさっきの喫茶店代を払ったので九十九万九千円でしたが、しかし、おおよそ百万円という大金が男の前にあったのです。男がこんな大金を手にしたことはかつてありません。

男は百万円を摑み、これに頬ずりして、「おほほ。僕の可愛い百万円ちゃん」と言うと、後ろ向きに倒れ、百万円を抱いて床を転げ回りました。四つん這いになって百万円を顔に押しつけ、尻をたっかくあげて、おおおっ、おおおおっ、と雄叫びを上げつつ、尻を左右にグニグニ振るなどしました。

ひとしきりそんなことをしていた男はやがて正気に戻り、立ち上がって言いました。

「こんなことをしている場合ではない。とりあえず、飯を食べに行こう。おほほ。そうだ。普段から行きたくて行きたくてたまらないのだけれども高いから行けず、いずれ出世したら絶対に行ってやろうと思っていた焼き肉店に参り、思うさま肉を貪り食ってやろう。生ビールや焼酎をがぶ飲みしてやろう」

そう言って男は、札束が分厚すぎて財布に入りゃしねぇ、とこぼしながら札束をポケットに入れて近隣の焼き肉店に出かけていきました。

男は生ビールとカルビとハラミとタン塩とレバ刺しとキムチとビビンバを誂え、ビールもそういってこれを貪り食らい、食らい終わって、ウウム、と呻きました。

「ウウム。あまりにもガキのように貪り食らったため、その旨みというものを存分に味わうことができなかった。このうえは、さらに注文して、今度はよく味わって食べたいのだが、残念なことに腹が一杯でこれ以上食べられない。というか、既に苦しいくらいだ。やむを得ない。今日のところはいったん引き上げて明日また来よう。でも明日はお寿司にしたいな」

そう言って男は店員に勘定をするように言いました。そのとき店内に妙に耳障りな音楽が流れていました。勘定は八千四百六十円だった。男は勘定を支払って家に帰って布団に倒れ込み、暫くは、腹が苦しい、腹が苦しい、と呻いていましたが、やがて眠りに落ちました。

男が目を覚ますともはや日が高くなっていました。男は暫くの間、寝床でボンヤリしていましたが、そうだ、金を返さねば、と思いました。男は少額ではあったが音楽仲間にたびたび金を借りていました。そのことでなんとなく疎遠になった者もあり、それは男に仕事が回ってこない遠因でもあったのです。

男は、人から金を借りて返さない奴は人間の屑だ。向こうだってなけなしの金を貸して返ってこないのだから困っているに違いない。疾く返そう、おおそうじゃ、と思いました。男はつい昨日まで、困窮しているのがわかっているのに金を返せなどと言ってくる奴は人間の屑だ、と思っていたことを忘れていました。

　男は金を借りていた仲間に連絡を取り、夕方に会う約束をしました。出かける途中に男は銀行に寄って、九十五万円を預け入れました。札束を持ち歩くのは不用心だと思ったからでした。その際、ちょうど月末でもあったので溜まっていた家賃と来月分、合わせて二十万四千円を支払いました。従って残高は、既に口座にあった百八十円と合わせて、七十四万六千百八十円になりました。その数字を見て男は少し悲しい気持ちになりましたが、雨露凌ぐ店賃（たなちん）を払わないのは人間の屑だから仕方ない、と思いました。それに、七十万だって凄い数字だ、そのうえ財布には別勘定の四万五百四十円もあるのだ、と男は自分に言い聞かせ、背筋を伸ばし胸を張り、約束の場所に向かいました。

　仲間に借りていた金、二万円を返し、利息代わりに奢（おご）りますよ、ということで二人で居酒屋に入った。同じくらい貧乏な仲間はこれを喜び、そういえば来週、三日間、俺の代わりに劇場に出てくれないか。旅公演で割のいい仕事があるんだ、と仕事を回してくれました。男は、こういうことだ、と思いました。やはり金がないと世の中の付き合いもできないから仕事も回ってこない。そうするとますます仕事が回ってこない。ますます金がなくなる。悪循環だ。ところがこうして金があると世間付き合いもできる。情報交換もできる。仕事も回ってくる。ますます金ができる。好循環だ。こうやって人はセレブリティーになっていくのだなあ。俺はいま自分がそうなっていることを実感するよ。と、イカ刺しを口に運びながら男はそう思っていました。店内に、焼き肉屋で流れていた曲がまた流れていました。ふと見ると、仲間が、その曲に合わせてフンフン、リズムをとっていました。居酒屋の勘定は六千八百円でした。

翌日、男はコンビニエンスストアーに寄り、ATMで金を引き出した後、先月、入質したギターを請け出しにいきました。男は四万三千二百円を支払ってギターを受け取り、ギターケースをぶら下げて帰りました。帰途、コーヒー店に入りこみ、コーヒーとベーグルサンドをそう言って食べました。コーヒー店でも例の耳障りな曲が流れていました。こういう偶然ってよくあるんだよな、そういうのをナンとか言うんだよな、なんだっけ、と思い出そうとして思い出せないまま店を出ました。コーヒーは三百二十円、ベーグルサンドは三百六十円でした。従って男の金はその時点で、七十一万六千四十円でした。

　家に帰った男は、床にあぐらをかいて座り、ギターをケースから取り出して、これを構えました。もう長いこと使って手になじんだ愛用のギターでした。男は専用の布でギターの棹（さお）や胴を拭い、丁寧に調子を合わせてこれを弾き始め、そして、おや。と思いました。なんだか、よそよそしい感じがして手になじまぬのです。さては質屋の親爺が間違えたのか、とも思いましたが、胴の傷や、棹の擦（こす）れには見覚えのある傷が確（しか）とあり、それは間違いなく男のギターでした。ギターも女もいったん他人に預ければもはや自分のものではなくなるのか。いや、そんな馬鹿なことはあるまい。久しぶりに弾いたので手に馴染まぬだけだ。暫く弾いていれば、いつもの感覚が戻ってくるはずだ。そう思って、もう一度、弾き始めたとき、例のピアノの練習が始まり、それが気になってますますうまく弾けませんでした。男はギターを傍らに置いて項垂（うなだ）れました。

　翌日、男は伝説的な音楽家の公演を見にいきました。その音楽家は男が小学生の頃より伝説であったので、それから三十年近く経ったいまはもはや人々にとって神話の世界の住人、神々の一員でした。なので彼が人前に姿を現すというだけで人々は狂熱し、テレビや雑誌でも連日、その話題が報じられ、ネットでも話題になり、しかし、切符の値段がきわめて高く、また、数に限りがあるため、公演を見ることができるのは一部の裕福な者だけでした。しかし、その姿を一目見て、御利益を、と願う衆生も多く、男の周囲にも無理算段をして公演を見に行く者がありました。

もちろん、男は諦めていましたが、この際だから詣でておくか、と知り合いに電話をかけると十五万円でいいよ、と言われたのでこれを買いました。ところが、その神に等しい音楽家の演奏は毫も男の心に響きませんでした。パラパラでスカスカの大きな音が空疎に響いているようにしかきこえず、また、終始、笑顔の音楽家は残骸にしか見えないのです。周囲は興奮し、熱狂していたが、それも男には御利益目当ての空騒ぎにしか見えませんでした。スタジアムが一体となり、盛り上がれば盛り上がるほど、心が冷えていきました。おそらく男は途中で会場を出た唯一の観客でした。帰途、男はラーメンを食べ、ICカードに入金し、また、午には海苔弁当を食べました。ラーメンは八百円、入金は三千円、海苔弁当は二百八十円、茶も買って百五十円、また、ATMの手数料もかかったため、男の金は、五六万千八百十円くらいに大きく減ってしまいました。切符代が響いていました。男はあたら十五万円をどぶに捨てた、と嘆きました。

翌日の夕、男は風俗店に出かけていき、二時間後に部屋に戻ってきました。索漠たる気分でした。担当の嬢が、例の耳障りな歌のメロディーを口ずさんでいました。男が、「その曲、好きなの？」と問うと嬢は、「めっちゃ、ええ曲やん」と、そのときだけ感情を露わにして言いました。嬢の揚げ代金は二万六千円でした。その他、日中につけ麺を食べるなどしたため、男の金はそのとき五三万五千十円になっていました。

翌日の午後、男は明日から始まる三日間の仕事に備えて劇場で音合わせをしました。まず、無難に演奏できたのですが、以前のような、乗り、がいまひとつつかめませんでした。男は内心で、おかしいな、と思いました。仲間もそう思ったようで、以前は休憩時間など、冗談を言ってゲラゲラ笑うなどしていたのが、そんな雰囲気ではなく、みな、不機嫌に押し黙っていました（と男は感じました）。

劇場を出て暫く行くと帽子屋がありました。通りに面したショーウインドウにいろんな種類の帽子が飾ってありました。男はその前にボンヤリ立っていましたが、やがて帽子屋に入っていき、暫くして鳥打ち帽をかぶって出てきました。豹柄の鳥打ち帽でした。そしてその豹柄の鳥打ち帽はまったく似合っていませんでした。

なんでそんな珍妙なものを男は買ったのでしょうか。明日、劇場に出る際にかぶろうと思って買ったのでした。どうも乗りをつかめない男は、見た目をちょっと変えることで気分を変え、そうすることによって、乗りをつかもうと思ったのでした。そうだ。人間なんてのはちょっとした気の持ちようで、大きく変わるものなのだ。うまくいかないときは、ちょっとしたことを変えてみる。気分転換ってやつだ。外見を変えるのもそうだ。外見を変えるというとたいしたことではないようだが、そうすることによって気分が変わる。自分が変わる。そうすることによって周りの見る目が変わる。それによって自分がまた変わる。物事がよい方に転がっていく。そう思った男は鳥打ち帽をかぶった自分の姿をショーウインドウに映し、見ました。

すぐに男は失敗に気がつきました。

「あぎゃあ。ぜんぜん似合ってないじゃないか。どういうことだ。さっき店内の鏡で見たときは、似合っていると思ったし、店のおばはんも似合っていると言っていたのだが。あ、そうか。あれは帽子を売りたいがためのベンチャラ。いわゆるセールストークだったのだ。くそう。それにいま気がついた。ううむ。かくなるうえは。そうだ。俺にはまだ五十万円以上の金があるのだから、もうひとつ帽子を買えばいい。そうだ、こんどは中折れ帽を買おう。とにかくいまの俺には帽子が必要なのだ。帽子を買わないと俺は破滅する」

　そんな強迫的な観念にとらわれてしまった男は、またぞろ、店に入っていき、今度は中折れ帽をかぶって出てきました。

　手にはギター以外に、豹柄の鳥打ち帽の入った紙袋を持っていました。男はもうショーウインドウに帽子をかぶった自分の姿を映しませんでした。

　男は言いました。

「俺はもう確認はしない。なぜなら確信しているからだ。信じることが大事だ。信じていないから確認をするのだ。俺は自分を信じ、中折れ帽を信じている。だから確認なぞせぬ」

　そう言って男はギターと紙袋をぶら下げ、中折れ帽をかぶって劇場近くの繁華な町を自信に満ちた足取りで歩きました。昂然（こうぜん）として胸を張って。

　その中折れ帽が似合っていたかどうかは。

　言わぬが花でしょう。

　鳥打ち帽が四七〇〇円、中折れ帽が六四八〇円だったため、残高が五二万三千八百三〇円になった日、男はコンビニエンスストアーでパンや野菜ジュースを買い、また本番に備えて新品の猿股(さるまた)や靴下を買ってしまい、金はさらに減って、五三万八三〇円になってしまっていました。

けれども男は気にしませんでした。

「俺には仕事がある。そしてその仕事をする技術がある。仕事場に行く足がある。俺は俺の足で仕事場に行き、俺が持つ技術を使って多くの人を楽しませ、お金を貰うことができる。それさえあれば怖いものはない。俺は職人だ。俺はその気になればいつでも稼ぐことができるのだ」

嘯(うそぶ)いて男は部屋を出ました。そのとき例のピアノの練習が始まりました。靴を履いた男は玄関に立ったまま暫くの間、聴き、随分とうまくなったものだな、と思いました。

一日目の仕事が終わった後、仲間達はみな優しく、塞ぎがちな男に、「気にするな」と言い、「大丈夫だ。頑張ろう」などと言ってくれました。「どこかで一杯やらないか」と誘ってくれる者もありました。男は礼を言って部屋に戻りました。

部屋に戻った男は中折れ帽を床に叩きつけ、

「ちくしょう。俺はどうしてしまったのだ。前だったら楽々とできた事柄がまったくできない。まるで頭に粘土が詰まっているようだ」

と忌々しげに言い、ケースからギターを取り出して練習を始めましたが、暫くすると、

「駄目だ。ぜんぜん指が動かない」

と言ってギターを投げ出し、上着のポケットに財布と部屋の鍵だけをねじ込み、中折れ帽をかぶって部屋を出て行きました。

二時間後。男は泥酔して戻ってきました。酒は涙か溜息か。心の憂さの捨て所。我を忘れるために飲みに出かけ、大酔して戻ってきたのでした。男は誰も居ない部屋で喚(わめ)きました。

「わっぴょぴょん。ど素人(しろうと)が猿回しなんて二千十四年早ぇんだよ。僕はねぇ、もう、中折れ帽なんてものはねぇ、生涯、かぶらないからねぇ、という口調が三島由紀夫の物真似であることがわかる人がこの世に何人居るってんだよ。ざまあみろっ、てんだ。紀元は二千六百年っ、てんだ」

喚いて男は中折れ帽をかぶったまま敷き放しの布団にぶっ倒れ、苦しげな寝息を立て始めました。飲み代がぼったくりで一万六千円かかったため、男の金はこの時点で、五一万四千八百三十円に減じました。

二日目、男は鳥打ち帽をかぶって劇場に向かいました。上手くいかないのは実は中折れ帽のせいではないか、と思ったからです。仲間達は男が帽子を替えたのに気がついていないようでした。

二日目の仕事が終わった後、仲間達は男に、腫れ物に触るように接しました。なかには気の毒な人を見るような目で男を見るものもありました。そうしてみんなに気を遣われるのが逆に苦しくて、男は挨拶もそこそこに逃げるように楽屋を出ていきました。

その日も男は昨日と同じぼったくりバーに行ってテキーラを飲み、乾き物を食べ、二万二千円を払って帰ってきて少し暴れてから寝ました。昼間、牛肉と野菜を砂糖と醤油で煮たものを白米の上に載せ、動物のエサのような、ヌラヌラした状態にした料理を食べるなどして千百二円をも遣っていたため、そのとき男の残金は、四九万千六三〇円に減じていました。

三日目、男は無帽で出掛けていきました。仕事が終わった後、仲間達は男と目を合わせませんでした。話しかけてくる者もありませんでした。なかには骸(むくろ)を見るような目で男を見る者もありました。男はバンマスから三日分の報酬、二万五千九百二十円を受け取って部屋に戻りました。疲れ切っていた男は、その日はぼったくりバーにも行きませんでした。もとより行きたくて行っていたわけではなかったのでした。男は部屋に帰ると明かりも点けずに布団に倒れ込みました。その日、男はスタンド式の蕎麦屋やコンビニエンスストアーで千八十円を遣っていました。なので、男の金はこの時点で四九万五五〇円でした。

そして一月後。男は焦っていました。金が大幅に減ってしまっていたからです。といって男が贅沢をしたわけではありませんでした。家賃を払い、水道光熱費を払い、通信費を払い、日々の食費や、その他の細々した費用を払っただけです。もちろん、所得税などは課税対象になりませんし、健康保険料や年金保険料は滞納または減免です。唯一、無駄遣いをしたと言えば、例のぼったくりバーで、男はこの間、都合四回、そのバーに行っていました。なぜかと言うと、そのバーで働いている、タケちゃんという名前の二十代の女に恋着してしまったからです。しかしそれとて、ただ行ってグズグズ酒を飲むだけで、具体的な話が進展する訳でもありません。なのでお金はそんなにかかりませんし、ぼったくりといっても、その度合いに歯止めがあるというか、まあせいぜい市価の三倍程度なのでそうして女の色香に迷った男がリピーターになるようなことはどうもこれあるようでした。また、そうして通っているうちに、向こうも気の毒になってきて、多少は安くしてくれるようにもなり、遣ったお金は四回で五万二千円程度でした。

にもかかわらずお金は二十五万六千六百五十円になっていました。

「なぜだ。最初、焼き肉と風俗に行っただけで、これといって贅沢をしていない、たまの贅沢と言えば、タケちゃんのところに行くくらいなのに、百万円が一月半で二十五万円になってしまった。訳がわからない。また、その間、仕事が入れば金の減りも遅くなり、うまくいけば増えることもあるのだが、あれから仕事は一本も入らない。ただ、金が減っていくばかりだ。頼む。携帯電話。頼むから、鳴ってくれ。そして私に仕事をもたらしてくれ。なんてね、たはっ。祈ったところでどうなるわけでもない。ううむ。居ても立っても居られない。ちょっと早いがタケちゃんのところにでもいくか。そうすっとまた二万円がとこ金が減るのだが、やむを得ない。いまの俺にタケちゃんの笑顔は唯一の光明だ」

そう言って男は財布と鍵と電話を上着のポケットにねじ込み、鏡を見て、髪の毛を手でとかして、そそくさ部屋を出て行きました。

まだ早いせいでしょうか。ぼったくりバーには客はほとんどおらず、カウンターに中年の男がひとり居るきりでした。

　男は、その客と椅子をふたつ隔てた三つ目の椅子に座りました。カウンターのなかにいた女主人が、今日はいつもより早いではないか。この時間はまだ誰も出勤してきていないのに。という意味のことを言いました。男は苦笑して、ウイスキーと水を誂えました。

　三十分が経ちました。客は誰も来ませんでした。タケちゃんも他の女も出勤してきませんでした。その間、男はウイスキーを二杯、飲んでいました。

　女主人は奥の厨房のような一角でなにかしているようでした。

　中年の男はスマートホンをいじくるなどしながら、水割りを長いことかかって飲み、さっき代わりを頼んだようでした。男は代わりをそう言おうか、それとも帰ろうか、と短い時間で猛烈に考え、やはり今日は帰ることにしようと決断、櫻井よしこさんが司会をしていて次の展開に移るときのような感じで、さっ、と言おうとした、その瞬間、三つ向こうの席の中年の男が、「お帰りですか」と唐突に声をかけてきました。

　男は驚いて咄嗟に、「いえ」と言ってしまって帰りそびれました。

「でしょう。まだ、もっと飲めばいいじゃないですか」

中年の男がそう言ったとき、女主人が狂ったような枝付きのなにかと最前線のような発酵したものが載った皿を中年の男の前に置きました。

「こちらの方に飲み物の代わりをあげて」

中年の男は女主人にそう言いました。そうすると女主人は従順な感じで、飲み物を作り始めました。男は中年の男は随分な感じだと思い、こんな随分な感じの人は果してどんな顔をしているのだろうか、と思って中年の男の顔を見ました。中年の男は顔色が悪く、その顔はほとんど真っ黒でした。男は顔がこんな色の男にだったら自分はどんなことでも言えるのではないか、という気になって言いました。

「あなたは俺が帰ろうとしていることがなんでわかったのですか。俺は本当はさっき帰ろうと思っていたのですよ。読心術ですか」

男がそう言ったとき、女主人が飲み物を男の前に置きました。

男はこれを、ぐい、と飲み、中年の男の顔を、ぐっ、と見ました。中年の男は自分の前にあった皿を男の方にすべらせて、

「これも食べたらいいでしょう。酒だけを飲んでいたら身体に毒ですよ」

と言い、そして続けて言いました。

「そりゃあ、わかりますよ。お客さんですもの。お客さんが帰ろうかな、と思ってい

るときはそりゃあわかります」

「お客さん？　どういうことですか」

「あなたは私のお客さんってことですよ。私はこの店のオーナーなんですよ」

「あ、そうだったんですか。僕はてっきり……」

そう言って男はカウンターの向こう側にいる女主人を見た。女主人は照れたような怒ったような顔をして厨房に隠れてしまった。そして中年の男が言いました。

「嘘ですよ」

「はあ？」

「私がこの店のオーナーだというのは嘘です。私はあなたと同じ客です。え？　じゃあなんで帰るのがわかったかって。ぱははは。その前に、あなた、私のこと覚えてませんか。以前に一度、会ってるんですがね」

「え、マジですか」

そう言って男は思い出そうとした。けれども先ほどからかかっている音楽が耳について、なかなか思い出せなかった。例の曲だった。この曲はどうも耳障りだ。みんな好きなようだが一体どこがいいのだろう。そう思った男は思わず言ってしまいました。

「ああ、また、この曲だ」

「この曲がどうかしましたか」

「いや、別にどういうことはないんですが、よほど流行ってる曲なんですかね。行く先々でかかってるんですけどね。どうなんでしょうね」

「お嫌いですか」

「ええ、俺はあんまり好きじゃないですね」

「私は好きですね」

「誰のなんて曲、なんですかね」

「八田八起&チチクマチュクリチュリーズの『どしゃめしゃのピラフ』っていう曲ですよ。ムチャクチャ流行ってるじゃないですか。知りませんか」

「知りませんねぇ」

「これですよ。テレビとかむっちゃ出てるけど見たことないですか」

そう言って中年の男はスマートホンを操作して、身体を右に傾けてその画面を男の前に差し出しました。

男は身体を左に傾けて画面を見た。知らない顔でした。

「知りませんねぇ」

「そんなはずありません。あなたはこの男と会ってますよ」

そんなはずはない。俺はこんな男は知らぬ。

そう思った男は、もう一度画面をのぞき込み、そして、呀っ、と声をあげました。八甲田大八
画面に映っていた男は、そう、劇場近くの喫茶店で男に百万円を呉れた、八甲田大八だったのです。中年の男は言った。

「そう。そいつは八甲田大八ですよ。随分と出世したものですな」

「本当に。あの人は音楽家だったんですね。でも、じゃあ、なぜあのときそう言わなかったのだろう」

と言いながら男は八甲田大八改め、八田八起が、あのときの縁で自分に仕事を回してくれないだろうか、とそんなことを考えていました。そのとき、中年の男が言いました。

「無理無理無理。仕事なんて回して貰えないよ。百万円払ったのだからそれで十分だ」

また、図星を指されて狼狽えた男は、「ど、どうしてそれを知っているのですか」

と、そう言うのがやっとでした。

「はははは。まだ、思い出しませんか。あの店にもうひとり客が居たのを覚えていませんか」

そう言われてやっと、男は顔色の悪い中年男があの店にいたことを思い出しました。

「ああ、あのときの」

「そうです。あなたが才能を百万円で売るのを脇で見ていたものです。僕は百万円で才能を売るなんて馬鹿なことをするなあ、と思って見ていたんですよ」

「あ、そうなんですか」

「そりゃそうですよ。大切な才能をたった百万円で売るなんて」

「いや、でも売るっていうのはそういうことじゃないでしょう。あのとき確かに八甲田さんは、買うって言ったけれども、あなたも聞いてたんならわかると思うけど、それは、君の才能を買うよ、っていうね、パトロン的なスポンサー的な援助の申し出であって、それがでも面（おも）はゆいし、俺のプライドってこともあるし、それでああやってものの売買みたいなやり取りをお互いしたんであってね。それにそんな才能なんてものは自己の内部にあるもので売り買いできるもんじゃないっしょ」

「いやできるよ。それが証拠に、あの八甲田大八が音楽家としてあんなに活躍してるじゃないか」

「それは元々、八甲田さんに才能があったからではないんですか」

「ははは。君に会ったときあいつがなんの仕事をしてたか知ってるのか」

「え？　音楽家じゃないんですか」

「あのときあいつはうだつの上がらない密売人だったんだよ。それを君から才能を買って大当たりをとって、いまじゃ、豪邸に住んで大名暮らしだよ。今度、美人の女房を貰うらしい。あれは本当は全部、君のものだったんだよ」

「マジですか」

「マジですよ。だから私はもったいないことをするなあ、と思ったんだよ」

「でも、それが俺のものなのだったら、売ったとしてもまた湧いてくるんじゃないですか。俺のなかから」

「それは君が収穫を刈り取って売ったときの話だ。でも君は畑ごと売り払ってしまったんだよ。それも秋まで待てば大豊作間違いなしの畑をね。夏の間に、わずかな米と引き替えに。大失敗だったな」

「そんなこと俺は知らなかった。知ってたら売らなかった」

「いや、そんなことは誰でも知ってるよ。畑を売ったら終わりってことはな。だから、それがどんなチンケな畑でも、自分の畑には違いないから売らないで大事にしてるんだよ」

「でも、実際の話、俺の畑はもっと狭くて、収穫もほとんど上がらない駄目な畑だったんだ。だから俺はずっと不遇だった。それが人手に渡った途端、なんでそんなことに」

「それは君が真面目に耕さなかったからですよ。どんなよい畑でも耕し、種を蒔き、水を撒かなければなにも稔らんよ。君はそれをしないで、こんな畑は駄目な畑だ、と信じて二束三文で売り払ってしまったんだよ」

「そうだとわかったら、これは買い戻さないといけませんよね。手伝って貰えませんか。あなた詳しそうだし。そしたら、戻った畑の半分をあなたにあげますよ」

「無理だね。これから先も収穫の上がる畑を売るわけがない」

「ってことはどういうことだろう」

「どうってことないよ。君が大損をした。それだけのことさ」

「そうだったのかー。俺はなんて馬鹿なことをしてしまったのだろう」

「まあ、仕方ないやね。諦めなさい」

と、中年の男は慰めたが男は諦めきれない様子で、涙を流し、俯いて自分の爪の先を見つめ、様々に愚痴っておりましたが、やがて中年の男に向き直ると言いました。

「俺も誰かの畑を買いたいんですけど、誰か売る人居ませんかね」

「そりゃあ、探せばいるだろうけれども、君、いくら持ってる？」

「二十五万六千六百五十円です」

中年の男は言下に答えました。

「そりゃ、駄目だ。だってそうだろう、あの八甲田大八だって百万円持ってたんだぜ」

「じゃあ、じゃあ、俺はこの先、どうすればいいんでしょうか」

こみ上げる涙を拭いながら問う男に中年の男は言いました。

「そりゃあ、一所懸命に耕し、そして種を蒔き、水をやるしかないだろう」

「でも、俺にはもうその畑がないんです」

「ああ、そうだ。畑はない。不毛の荒野が広がるばかりだ。でもそれしかなかったらそこを耕すしかないじゃないか」

「荒れ地を耕す、ってことですか」

「ま、そういうこっちゃ」

「作物は稔るんでしょうか」

「バカだな。稔らないから不毛の荒野っていうんじゃないか」

「じゃあなんで……」

「まだ、わからないのか。それしかないからだよ。それだって、自分の荒野である以上、売ったら後悔するんだよ。いい加減にわかれ」

「なるほど、俺は荒れ地を耕して、荒れ地に種を蒔くしかないんですね、もう」

男は寂しそうにそう言いました。

中年の男は慰めるようなことはもう言わないで、「おまえは収穫がないと嘆いていたが、種を蒔き水をやることが大事なのだ。おまえの畑は以前よりもっと悪い畑になった。それでもやるかやらぬかはおまえ次第だ。僕ちょっとおしっこ行ってくるね」

と断って席を立ちました。

その背中を見ながら男は、しかしあいつは誰なんだろう。あいつはなんでさっき俺が帰ろうとしていることがわかったのだろう。それに、俺が八田八起に仕事を回してもらえるかも、と思ったことがわかったのだろう。なぜ俺の心が読めるのだろう。戻ってきたら聞いてみよう。と、男はそう思いましたが、中年の男はなかなか戻ってきませんでした。

「ちょっと、大丈夫」

と、言う声がして男は目を覚ましました。女主人がカウンター越しに腕を揺すぶっていました。

「ちょっと寝ないでよ」

「ごめん、ごめん」

そう言って男は左隣を見ました。中年の男はおりませんでした。或いは帰ったのか、と思った男が女主人に、「アレ？　ここにいた人は？」と、尋ねると女主人は、「あんな人はいてもいなくても同じよ」と、突然、気色を悪くしたような様子で言い、厨房に行ってしまいました。

そうだ。あんな奴の戯談を真に受ける方がどうかしている。才能の売り買い？　そんな阿呆なことがある訳がない。っていうか、もしあるとしたら逆にギターが上手くなるはずだ。っていうのは、ロバート・ジョンソンがそうだ。ロバート・ジョンソンが。ロバート・ジョンソンは悪魔に魂を売って、それであんなギターが弾けるようになったんだ。だったら、俺もギターが上手くなりゃこそすれ、下手になるということはない。八田八起のことは偶然に過ぎない。そうだ。そうに決まっている。あんな顔色の悪い奴の与太話を真面目に聞いて損をした。

男がそう思ったとき、さっきとは打って変わって上機嫌になった女主人が、厨房から出てきて、

「あの八田八起がダンサーと結婚するんだって。なかなかの美人じゃない」と言って男にスマートホンを見せびらかしました。

男はまるで洩らしてしまった人のように尻を浮かせてカウンター越しにこれを見て、そして絶句しました。

画面に大写しになっていたのは間違いなく合間妹子。半年前に別れた女でした。

「どうしたの。急に黙り込んで。知ってる人なの」と問う女主人に、「いや、知らぬ人だ」と、答えつつ、男はやはり俺は大事なものを売り払ってしまったのだ、と思いました。同時にあの中年の男がなぜ自分の心の内がわかったのかもわかったような気がしました。

お勘定二人分、三万六千八百円を支払って出て行く男に、女主人が声をかけました。

「本当に帰るの。もうすぐタケちゃん出勤するわよ」

「ええ、いきます」

「まだ早いのに」

「いえ、もう遅いです。でも仕方ありません」

「いまからどこに行くの」

問われた男は莞爾と笑って言いました。

「荒れ地に行って種を蒔いてきます」

それぎり男の姿をみたものはありません。男の部屋はなぜか借り手が見つからず、新米の季節になっても空き家のままです。その空き部屋の、半ば開いた窓から風が吹いてカーテンがそよいでいます。どこかから随分と上手いピアノの音が聞こえてきます。そのピアノの音に混ざって時折、呻き声のようなものが聞こえるのは、気のせいでしょうか。本当に気のせいなのでしょうか。

付喪神

　ずっと家の中にいて、これまで一度も出たことのない外に連れ出して貰って茶碗は上機嫌だった。見るものすべてが珍しく、それよりなにより外の明るさに茶碗の心は浮き立った。そして茶碗は思った。

　いっやー、外というものは愉快なところだ。これからも年に二度は外に出してもらいたいものだ。けれどもこうして外に連れ出して貰えたのは私が茶碗として頑張って家の人にお仕えしてきたからだ。そうしていたからこそ家の人が、茶碗もたまには外を見たいだろう、と外に連れ出してくださったのだ。よし、私はこれからも頑張って家の人にお仕えしていこう。結句、それが自分の幸福につながる。

　そう思って茶碗は自分を持っている下婢の顔をそっと見上げた。下婢の顔は馬面であった。その馬面に向かって茶碗は、「信頼してるから。尊敬してるから」と、心のなかで言った。

そのとき下婢の歩みが止まった。茶碗は辺りを見渡した。路地の一角のゴミ捨て場のようなところだった。下婢が腰を屈め、鯉に餌をやるような動作をした。次の瞬間、茶碗は地面に転がっていた。身体の一部が毀れた。下婢はそのまま来た方に立ち去った。どこかで犬が吠えていた。

「え？　え？　え？　え？　どういうこと、どういうこと、どういうこと？　意味わかんないんですけど。地面に落ちちゃってるんですけど。割れちゃってるんですけど。落とした？　落とした？　いやいやいやいやいやいや。落としたら拾うでしょ。っていうか、落とすっていうのはあんな感じじゃないでしょ。だって、明らかに投げてたもん。ってことはなに？　突然の発狂？　それはあり得る。それはあり得るよね。突然、頭おかしくなって、持ってたもの投げ捨てて全裸になってゲラゲラ笑いながら剃刀で自分の喉(のど)掻き切る、みたいな、そんな話、前に聞いたことあるもの。でも、その割には普通に帰ってったよな。服も脱がなかったし。じゃあなに？　これどういうこと？」

と、狼狽する茶碗に話しかける者があった。その者は茶碗に「おまえは莫迦か？」と言った。声のする方を見て茶碗は訝(いぶか)った。そのあたりに人の気配はなく、くたくたになった烏帽子や使い込んだ鍋といったゴミが散乱しているばかりである。

「おかしいなあ。ゴミしかないんだけどな」

「誰がゴミだ」

「うわっ、びっくりした。ゴミが喋(しゃべ)った」

「ゴミじゃねぇよ。俺は俎(まないた)だ」

「え、なんで俎が喋ってるんですか」

「おまえだって茶碗じゃねぇか」

「あ、まあ、そうなんですけど」

「だろ。茶碗が喋るんだったら俎が喋ってもおかしくねぇだろうが。つか、ここに居る奴はみんな喋るよ。だから棄てられたんだよ」

「え、どういうことですか」

「え、知らないの？　じゃあ、教えてやるよ。俺たちはなあ、物なんだよ。物というものは人と違って意識がないんだよ。考えたり、喋ったりすることはできないんだよ。けど、生まれてから百年経つと、物にも意識が生まれてくる。ところが人間はこれを嫌がるんだよね。人間からすると俺たち物に意識があって考えたり喋ったりするのは死ぬほど気味が悪いものらしい。だから、九十九年目にこうして棄てられるんだよ。それを称して煤払い、とこう人間は呼んでるんだよ。わかったか」

「なるほどねぇ。そりゃあ、お気の毒様。長い間、お仕えした主人から棄てられるのは辛いものでしょう。心中、お察し申し上げます。ご愁傷様です」

「なにを人ごとみたいに言っているんだよ。おまえだって棄てられてんだよ」

「え、マジすか。うわっ、やばっ」

「今頃、驚いたって遅いわ」

「ええ、じゃあ、俺、これからどうやって生きていったらいいんですか」

「知らねぇよ」

「けどおかしいなあ」

「なにが」

「僕ら九十九年目で棄てられてるんですよねぇ。だったらまだ意識ないはずじゃないですかあ、でも、意識あるじゃないですかあ、これってどういうことなんすかねぇ」

「それはだなあ、まあ、ひとつには意識っていうのは百年目にパキッと現れるものではなくて、まあ、七十年目くらいから徐々にゆっくり時間をかけて生まれてくるもので、九十八年目くらいにはもうかなり意識があるってことを人間が知らないってことがある。だから本当に意識が生じた物が嫌なんだったら七十年で棄てなければならないんだけど、なんつーの、もったいないとか、まだ使えるとか、思い出とか言ってなかなか棄てないでしょ。だから俺らみたいな意識ある物が生まれるんだよ」

「なるほどねぇ、そう言えば俺も物心ついたのは九十年目くらいからだと思う。あ、そういう意味なんですね、物心っていうのは」

「まあ、そうだね、それともうひとつには、物の寿命が人間の寿命よりずっと長いってのがある。つまり俺たちが生まれたとき、いま現役の人間はまだ生まれてないんだよ。だから、例えば、おまえな、この茶碗なら茶碗がいつ生まれたのかは実際には知らないんだよ」

「じゃあ、どうやって知るのですかねぇ」

「そら、親から聞くんだよ。この茶碗は私が生まれたときから家にあるのよ、とか、これはお爺さんが若いときに着てたチャンチャンコよ。なんつってね、そういうことから逆算して、そろそろ百年かなあ、みたいなね、そんな大雑把な計算だから九十九年目たって、実際にはまだ八十年しか経っていないということもあるし、いやいやもう百二十年ですよ、みたいなこともあるわけだよ」

「なるほどねぇ。じゃあじゃあ、もうひとつ聞いてもいいですか」

「なに」

「僕たちってこの後どうなるんでしょうか」

「どうもならねぇよ」

「っていうのはどういうことですか。このままここにじっとしてるってことですか」

「まあ、じっとしてると言えばじっとしてるけど、このまま、って訳にはいかないだろうね」

「どうなるのでしょうか」

「どうなるもこうなるも、細道といえどここは天下の往来、牛も通れば馬も通るでしょ。車も通る。私たちは踏みつぶされて粉々になって、ま、俺なんか木材だからね、ま、腐って土になんじゃね？　その段、おまえなんか陶器だからね。粉になるんじゃね？　わかんないけど」

「マジですか。そうなったら、いまの僕のこの意識はどうなるんでしょうか」

「知らねぇよ。けど、すぐわかんじゃね？　なんでってそうじゃん。俺は木材だから腐るの時間かかっけど、おまえ、陶器じゃん。すぐ割れんじゃん。つか、もう割れてんじゃん」

「うっわっ、マジですか。えええええ？　俺、粉になるんすか？　うっわっ、うっわっ。だったらいっそ意識のないうちに殺して欲しかった。いま粉になるのは辛すぎる」

「まあ、しょうがないだろう。諦めろ」

と俎が言ったとき、

「ふざけるなっ」

と、いう声がして、俎が振り返った、そこに転がっているのは庖丁であった。俎は言った。

「おおおっ、おまえは庖丁。おまえも棄てられてたとは！」

「ああ、俺もおまえに少し遅れて棄てられた」

「そうだったのか。おまえは俺に比べて、なんつうんだろう、怜悧なところがあるから、なんつうんだろう、上手く取り入って棄てられなかったんだろうな、と思ってたんだけど、おほほほほ、やっぱ棄てられたのか。おほほほほ。懐かしい」

「やかましいわ、蛸。俺はねぇ、一緒に仕事してておまえのそういう木材的にのんびりしたところが一番、嫌だったたんだよ。いまは懐かしいとか言ってる場合じゃねぇだろ」

「と、申しますと」

「怒られて訊いてやがる。いや、だからさ、俺なんかこのままだったら錆びてぼろぼろになっちゃうわけだよ。そうなったら困るだろ。そこの茶碗、おまえもそうだろ」

「僕は錆びません」

「いや、そうではなく、このまま粉になったら嫌だろ、ってってんだよ」

「ああ、それは嫌です」

「だろ。だから俺たちは立ち上がらなきゃならんのだよ」

と、庖丁が言ったとき、そこここから、「その通り」「異議なし」という声が上がった。声を発していたのは、撞木、ヌンチャク、金槌、鑿といった過激の御連中であった。


康保年間。王城の地、京都は四条河原町の路頭にていつしか、打ち棄てられた古物どもの会議が始まっていた。いろんな物が勝手なことを言うなか、初めて纏まって意味のある発言をしたのは、表面にいろんな筆跡でいろんな文字が記されてま黒になりたる反古紙の束様であった。

「いままでの議論を僕は黙って聞いておったのですが、結局、さんざん使っておいて百年経ったらポイ捨てかよ。人間、むかつく。復讐してぇ。けど、結局、俺ら物だから手も足もでねぇ、って議論ですよねぇ。けど、それってどうなんだろう、っていうのが、僕の立場です。っていうのは、さっき、冒頭でですね、どなたかが粉々になって云々、と仰ってましたが、それは実際、その通りでしてね。天地間にあるものを細かく分割していくと、結局はムチャクチャ小さい粉になるわけです。その粉がいろんな風に合わさって、この世のものはできあがってましてね。そういう意味で言うと、人間も牛も茶碗も、その粉って言うか、素ですね、素にまで細かくすると同じものでできてると言うことができるんですよ。したがってですよ、僕たちだってその配合を変えれば、人間と同等、いや、それ以上の形態を得て、人間に復讐できるはずなんですよ。っていうと荒唐無稽みたいに言われるけど、僕らほら、実際、こうやって意識もって喋ってるわけじゃないですか、それも、素の構成が百年経って変化したっていうことに他ならないわけです」

　と反古紙が言うのを聞いて、用途のよくわからない木製の台が言った。

「それは、御説ごもっともですがねぇ、ただ、それってどうやったらできるんですかねぇ」

「へ？」

「いや、だから、どうやったら人間に復讐できる形態に変化できるんですかねぇ。意識が生じるのに百年、形態を変えるのに百年かかってたら、意味ないですからね。それこそ、私なんか木だから百年後には土になっちゃってますよ」

「そりゃあ、まあそうですね。まあ、僕の意見はあくまで理論的には可能というのに過ぎませんからね。まあ、でも僕なんか紙ですから、あなたなんかよりずっと先に、その素になるわけですけどね、あはははは。あほほほほほ」

と、笑う反古紙であったが、その笑い声に被せるように、鈴が言った。

「いや、私はそれは実際、可能だと思います。っていうのは私たちはいつ棄てられました。節分前ですよね。あんまり詳しくないんですけど、節分節季というのは天地間の気の方向性が革まる時季とうかがってます。つまり、その時季に私たちが家に居ると意識が生じるのは勿論ですけど、形態も変化・変幻する、それが恐ろしくてあの人たちは私たちを廃棄するのではないでしょうか。ということは逆に考えれば、その節分の時季のほどよき瞬間に強く念じれば私たちは願う最終形態に至ることができるようになるのではないでしょうか」

「なるほどね。実に面白い意見だね」と、百八十年は過ぎたであろう軸が幾分、卑猥な意識を含んだ感じで鈴に言い、そして続けて言った。

「では、お鈴ちゃん。その、強く念じるというのは具体的にはどうすればよいのだろうねぇ、やはり、交合のパワーとかを利用すべきなのだろうかねぇ、おほほほほほ」

おちょぼ口で笑う軸に鈴は凛とした声で言った。

「気合いだと思います」

おおおっ、一同がどよめいた。

康保年間、四条河原町の芥溜めで議論は続いた。破れた足袋が言った。

「節分の日に気合いを籠めて祈り念じることによって私たちが自ら望む形態に至ることができることはわかった。そのための具体的な真言や行儀についても反古紙君や壺君から有意義な提案があった。そこでこれよりは、その最終形態とはどんな形態なのかを具体的に議論していきたいと思うのですが、みなさんいかがでしょうか」

「よろしいんじゃないですか」

「いいと思います」

「ありがとうございます。では、どなたか、ご意見はございませんか」

と、議長然とした足袋の問いに答えるものはなかった。どこかから、壊れた築地を直すような音が聞こえてきた。と、同時に築地を破壊するような音も聞こえてきた。そのどちらでもない音、例えば猫の鳴き声、若い女のゲラゲラ笑いなどが聞こえてきた。康保の一月の太陽が廃棄物どもに降り注いでいた。足袋が言った。

「ございませんか。では、私の意見を述べたいのですが、私はやはり人間のような形態が結局よいのかな、と思います。というのはですねぇ、やはり私なンど、こうやって袋状の形態でございますが、やはり手足というものがあると随分、よいと思うのですね。つまり足があれば、これをこう、互い違いに前に出して歩いて行くことができる訳ですよね。そうすると随分と違ってきますよね。あと手ですね。これがあることによって人間を殴ったり、女を攫ったりもできるようになります」

「それだったら……」

と、茶碗が言った。

「私は口がほしい。私はかねてより一度でよいから飯というものを食してみたかった」

それに続いて多くの物が、目がほしい、耳がほしい、鼻が必要だ。胴というものがあると楽しい。尻を振ってみたい。髪を結ってみたい、と要望した。牛が通った。茶碗が割れた。「痛い、痛い」と茶碗は意識した。

「あのよろしいですか」

と言うものがあった。猫の置物であった。足袋が、「どうぞ」と言った。

「いままでのこの形態論を聞いておって思ったのですが、それだと、どうなんでしょう？　ただの人間になりませんか」

「え、どういうことでしょうか」

「いや、つまりね、手があって足があって顔があって、そして目鼻がある。そして二足歩行をする。ということは、これもう人間そのものじゃないですかあ。それってどうなんでしょうか。いや、というのは、その場合、私たちの元々の特徴とか個性とかは、どうなるのかな、と思ったんです。例えば、足袋さんだったら、こう袋の形していて、コハゼとかが後ろにあるわけじゃないですかあ。それが人間の形になった場合、茶碗さんとか鈴さんとかと一緒の感じになってしまうんじゃないでしょうか。私の場合はもっと複雑で、私は猫の置物なので、目もあります。手もあります。足もあります。口もあります。耳もあります。人間と同じものが一応全部ある。けれどもそれは形をなぞっているだけで実際の機能はない。あるのはいまこうして喋っている意識だけです。となればそれらを一旦、否定して、それから実際の目や鼻をつけていくわけですけど、その場合、それを人間に似せたら、猫の置物としての私はどこに行っちゃうんでしょうか。じゃあ、猫の目にして猫の鼻にすればよいのでしょうか。でもそれはそれでそうなったらただ猫になっただけで、それが置物である私の意識にとってなんの意味があるのか。どういう作用をもたらすのか、私にはさっぱりわからないんです」

「置物、いいこと言った」

と、扇子が言った。片眼の達磨が、「おっひょひょい」と言った。扇子がまた言った。「置物の言うとおりだ。そうやって形態において人間を志向するのは、人間は物のうえにある。物というのは所詮は人間に劣る存在だ、と卑屈に思い込む奴隷根性に他ならない。やはり物としての誇り、茶碗だったら茶碗、足袋だったら足袋の形は残すべきだ。人の手足目鼻を羨望して、無闇にこれを真似るのは、猿が衣服を着て歩くようでみっともないことこのうえない、と私は思う」

「それこそが奴隷根性だろう。意識が低いと言わざるを得ない」と言ったのは割れ鐘であった。

「痛い、意識が痛い。もう少し小さい声でしゃべれませんか」

「ああ、申し訳ありません。これくらいでどうでしょうか。大丈夫ですか。あの、また、大きいようだったら言ってください。ええっと、俺はそれこそが奴隷根性だと思います。だってそうでしょう。思い出してくださいよ。俺たちはなんのために節分に形態を変えようと思ったんですか。俺たちをさんざん使って、ポイ捨てした人間に復讐するためでしょう。だったら、目も鼻も手も足も、すべてはそのためにあると考えればいいんじゃないですか。もっと意識を高く持ちましょうよ。変な憧れとかそんなんじゃないですよ」

　鈴が言った。

「私もそう思います。っていうか、私は顔も手足もあっていいけど、でも人間にはなりたくない」

「じゃあ、なにになりたいの」と、軸がねちっこく問うのに鈴は答えて言った。

「私は一丈六尺の鬼になりたい。鬼になってその強力な筋力で私を棄てた人間を捻り潰したい。牙で嚙み砕きたい。角で刺し殺したい」

「げはははは」と反古紙が卑しく笑った。他の多くの物は、「鈴ちゃん、格好いい」「鈴ちゃん、見た目、可愛いのに一番過激」と賞賛し、同調した。

　議論は人間を超越した鬼となって人間を圧倒しよう、という流れになった。けれども、それぞれの物としての特性や個性は残していた方がよいという意見もなお多くあり、顔や胴体に元の形や特色を残すことを義務づけた。例えば、傘の場合で言うと、閉じて立てた状態の傘の下から足が伸び、上部に近いところから左右に両手、上部先端近くに目と口を配する、という感じである。

難しかったのは猫の置物で、置物としての目鼻や手足とは別に、置物の下から足が伸び、横から手が伸び、適宜目と鼻を配置するというプランも出たが、それってどうなのだろう。あまり意味がないのではないか、ということになり、置物としての目鼻や手足を最大限活用し、しかし、猫っぽくならないように、というか、体つきは鬼で顔だけ置物の猫といった感じになるように留意することにした。そんな風にひとつびとつの物の形態が決まっていった。いずれも大きく怖く不気味で、人間が見たら恐怖に泣き狂うような、恐ろしい鬼の形になると決まった。その通りに変化できればまさに怪物であった。

康保年間。京都四条で物たちは恐ろしい鬼に変化して人間への復讐を目論んでいた。ヌンチャクや庖丁や分銅や棒刀は猛り狂い、錆の粉を撒き散らしていた。そのとき、数珠が進み出て言った。

「私は一連と申す物です。見ての通りの数珠でございます。形態柄、少々、学問をいたしております。そういう見地から考えると、復讐というのはどうかなあ、と思えてなりません。相手が攻めてきたから攻めかえす、というのでは永遠に争いの種は尽きません。私たちが人間に復讐する。そうすると今度は人間が私たちに復讐する。そうすると今度は私たちが人間に復讐する。つまり終わらないのです。そこから脱却する努力を私たちはしなければならない。仇に対して恩義で報いるということをしなければならないのではないでしょうか。鬼になって人間を殺戮するのはやめませんか、それよりむしろ、慈悲の心を実践して参りませんか。みなさん」

　これを聞いた六尺棒が怒って言った。

「おまえは阿呆か。棒、持って殴りかかってくる奴に、ラブ&ピース、言うたら殴るのやめると思とんのか、ど阿呆っ。殴りかかってこられたら殴り返さんとこっちがやられるやろが、アホンダラ」

「いや、だからそこはあくまでも平和的な話し合いで解決するべきなんです。重要なことは私たちに悪意がない、ということをわかって貰うことです」

「けど、もうほかされてるやん。悪意持たれてるやん」

　と言う針箱に一連入道は言った。

「それは私たちが以前に妖物に変化(へんげ)して人間に害をなしたからです。だからこそ私たちはそれを心から反省して謝罪して人間を脅かさないようにしなければならんのです」

「ですよね」と、布巾が言った。

「ですよね。私たちが棄てられたのは私たちが妖怪化して人間を怖がらしたからなんです。私たちは私たちの過去の罪を拭き清めなければなりません。私は布巾です。変化である前に布巾なんです。一枚の布なんです。たとえ、私は路傍に朽ちてもそのことを忘れたくありませんっ」

「後半、なにを言ってるのかわからんね」

「そうだね」

と、茶碗と毬がぼそぼそ話していた。

「じゃあ、なに？　私たちが意識を持ったことが罪だというの？　私たち物は意識も持たず、ただ、人間のために奉仕してろ、っていうの？　莫迦みたい」

と鈴が言った。その鈴に一連入道が言った。

「いや、そうではない。意識は持つべきだ。ただ、意識にもいろんなレベルがある。私たちは高い意識を持つべきなんだよ」

「じゃあ、俺の意識は低くて、てめぇの意識は高い、つうのか」

と、六尺棒が言った。

「残念だがそう言わざるを得ない」

「だったらてめぇの高い意識はこれをどう認識するんだ」

そう言って六尺棒は数珠の一連をどつき回した。

「痛い、痛い。やめろ」

「やかましいわっ。慈悲の心で受け止めろ、ぼけなすがあっ」

怒鳴って六尺棒は数珠をなお一層手ひどくどつき回した。

「痛い、痛い、糸が切れてバラバラになる。ひいいいいいいいっ」

悲鳴を上げて数珠は逃げた。布巾やお手玉といった一部の布系の物、茶筅や花活といった文化系、経机、燭台、古仏壇などの仏教系が、「私たちも復讐は間違ってると思います」と宣言してグループから離脱した。その物たちの足には既に小さめの足が生成していたのだろうか。

数珠の一連入道とその追随者は北山の奥に逃げ、暫くそこにとどまることにした。一連入道は、「あの、棒の餓鬼、絶対に許さん。儂の法力で呪い殺したる」と息巻いた。追随者たちはこれを聞いて驚き、全員が内心で、「復讐、あかん言うてたやん」と呆れた。けれども、いまさら集団に復帰するわけにもいかず、他に行くところもないので一連入道と共に北山の奥にとどまって仏道修行に励むことにした。

さて節分になった。夜。器物どもは寄り集まった。その頃には踏み潰されてもはや原形をとどめぬ物も多くあった。

「俺、こんななっちゃったよ」

「大丈夫だ。原形から遠い方が変形し易いのだ。けれども要は気合いだ。気合いを籠めていこう」

「おしっ」

と、みなが気合いを籠めた。凄いことになった。いちいち言っていると切りがないので詳述はしないが、例えば賽銭箱がどんなになったかというと、胴の部分が賽銭箱で、太い材木のような手足を生やかしていた。頭はなく、目は巨大な、浴槽ほどもある賽銭箱の、桟木の奥に怪しく光っていた。では口はどこにあったのだろうか。賽銭箱全体が口であった。この口で、賽銭箱、というか元・賽銭箱、現・賽銭箱の化け物はなにを食したのだろうか。人の所持する銭であった。道端の寺でもなんでもないところに、賽銭箱は手足を縮こめ腹を上にして横たわる。そこへ人が通りがかる。人は、「あれ？　なんでこんなところに賽銭箱が置いてあるのだろう。奇異なことだ」と思い、これをのぞき込む。すると賽銭箱と目が合う。そうなるともう駄目だ。妖しの目に睨(にら)まれ、まるで術にかかったようになった人間は無意識裡に財布を取り出し、なかに入っているのが銭であろうが金貨であろうが、お構いなしにジャラジャラと賽銭箱に投げ入れてしまう。

しかし、人間には銭金を尊ぶ性質があるので、そのジャラジャラという音で我に返り、「しまった。つい無意識に全部の銭を入れてしまった。神仏を尊ぶにも限度がある。ましてやこんな寺でもなんでもないところに置いてある賽銭箱に有り金全部を入れてしまうなんて！」と後悔、思わず中をのぞき込む格好になる。なかには入らないのを承知で桟木の隙間に手を突き込む人もある。そうなったら賽銭箱の化け物の思う壺で、隠していた太い材木のような腕で抱えるようにして、人をギュウギュウと箱の中に押し込んでしまう。勿論、表面には桟木があるが、もの凄い力で押しつけるので、人は肉挽き器にかけられる肉のような案配で、ニュルニュルになって中に吸い込まれる。そう、なんという恐ろしいことだろうか、賽銭箱の化け物は銭金だけではなく人間も食したのである。

多くの物、すなわち、庖丁、金槌、ヌンチャク、六尺棒、分銅といった物どもが、そうして人間を直接的に殴ったり、噛みちぎったり、踏み殺したり、蹴り殺したりするような形状になったが、太鼓や木魚や横笛や三味線といった物は不愉快な音を立てて人間を寝られなくしたり、嫌な気持ちにさせたりして錯乱状態に追い込む、みたいな形態をとった。彼らはバンドを組んで合奏する形を取った。その姿形はどこか楽器らしかったが、その音色はもはや楽音ではなく、奇怪な鬼の音であった。

扇子や団扇は人間と同様の胴や手足に、扇子、団扇のままで表面に目鼻口があるという変梃な顔であったが、怖くはなく、どちらかというと笑う感じであった。いや、夜中にこんな奴と行き会ったら怖いだろうが、しかし、それにしても滑稽であった。それで、くすっ、と笑うと、扇子と団扇はもの凄い勢いでヘッドバンギングをし始める。当然、風が吹いてくる。というと、冬はともかくとして夏は涼しくてよいじゃないか。家に一匹、飼っておきたいくらいだ。という豪胆な人があるかも知れないが、そうじゃない、その風は猛烈に臭った。腐敗臭とアンモニア臭と硫黄臭を混ぜ合わせて濃縮したような匂いだった。その風を一分浴びると、全身に匂いが染みついて三日は家に入れて貰えなかった。五分浴びると血反吐を吐いて昏倒、十分で脳に匂いがしみこんで狂死した。

ただ見ているだけで気持ちが悪くなって嘔吐するような形状に変化した物もあった。絵画や彫刻である。張形は張形人間となって町を出歩く女を犯して回る、という不埒で厄介な化け物と化した。煙管の化け物、角樽の化け物、お膳の化け物、台箱の化け物、三宝の化け物、羽子板の化け物、柄杓の化け物、独楽の化け物、笠の化け物、銅壺の化け物、茶棚の化け物、看板の化け物、大福帳の化け物、暖簾の化け物、簪の化け物、手桶の化け物、櫛の化け物、といろんな化け物ができあがった。

そして、彼らの食物は人間であった。

彼等は船岡山の後、長坂の奥、という割と市内に拠点を築いた。なぜなら、あまり遠くだと、食物すなわち新鮮な人間が手に入らないからである。恐ろしいことである。

さあ、そんなことで、彼等は頻繁に市内に出没、人間を捕らえては食し、それで足らぬときは人々の大切な財産であり、輸送交通にも欠かせない牛馬も捕らえて食した。市内の道路の、いたるところに肉片や骨が散乱し、血痕が残り、それに青蠅がたかっていた。人々は恐怖と悲しみが極点に達し、狂ったような、無気力なような、訳のわからないヒステリー状態になっていた。人々には夕日が通常の三倍くらい大きく見えた。言葉も涙も次第に失われていった。そこいらの神社や祠から火が出ていた。康保の頃合いの出来事である。

事態がそこまでになれば為政者である貴族たちもこれを放置しておくことができなかった。というか、自分たちも安閑と優雅に暮らしていられなくなってきた。帝もこれを聞いて宸襟（しんきん）を悩ませておいでであった。

そこで貴族たちは都を警固する武士の頭目を呼び、縁先から武士に声を掛けた。

「ああ、お宅さんは都を警固する武士ですよね」

「はっ」

武士は庭先に膝をついて座り、俯いて答えた。

「いま市内に化け物のような鬼のような人たちが出て暴れて困ってます。行って全滅させてきてください」

「はっ」

武士は勢いよく答え、部下を引き連れて出撃していった。

「いっやー、武士というのはこういうとき便利だよね」

「だよね」

と奥で貴族たちが話しているところに、ボロボロになった武士が戻ってきて庭に膝をついた。

貴族たちが奥から出てきた。

「ああ、ご苦労様でした。ご褒美に官職をあげてあげますからね」

そう言う貴族に武士が言った。

「無理っ」

それだけ言って武士は退出していった。後で話を聞いてみると、化け物たちはこの世のロジックの範囲外にあるため、弓を射かけても刀で突いてもニタニタ笑うばかりで死なず、逆に刀や矢が人格化してこちらに向かってくるような始末で、あれは武士の手に負えるものではなく、どちらかというと仏法の人たちが対処すべきではないか、ということだった。

一方その頃、物たちは、というと調子に乗っていた。調子に乗りまくっていた。必要以上、というのはつまり自分たちが食する以上に、人間を殺害し、これを拠点の外郭に積み上げて塀のようにしていた。それは極度にグロテスクな光景であった。また、なんのためにそんなことをするのだろうか、人体から血液を抜き取って巨大なプールに溜め、時折は、風呂に浸かるかのように身体を浸けて血まみれになっていた。そんなことをしてなにが楽しいのかまったく理解できない。けれども物は我が世の春を楽しんでいた。

「いっやー、俺らって凄いよね」

と旗の化け物が言った。味噌漉しの化け物が答えた。

「マジで凄いよね。人間とかもうびびりきってるし、復讐しまくってるよね」

「っていうかさあ、復讐とかもうどうでもいい、みたいな感じしない？」

「するする。いまはもう、この楽しい生活をずっと続けていたい、っていうか」

「そうそうそう。そうなんだよね。復讐とかそういうんじゃなくて、おいしいもの食べて、いろんなもの見て歩いて、それがただ楽しいって感じなんだよね。あと、自分の力が試せるのがうれしい」

「俺も俺も。でも……」

「でも、なに？」

「でも、続くんだろうか。この楽しい生活が永遠に続くんだろうか。俺たちの社会ははたして、持続可能な社会なのだろうか」

「続くよ。続くに決まってるよ。物だった頃は、俺たちは人間にいいようにされてたけど、いまは反対に人間が俺たちにびびってる。俺たちより強いものはこの世にいない。だから俺たちはいまも、そしてこれからも楽しいんじゃん。久しぶりに味噌汁でも作ってみたらいいじゃん。人間の味噌汁」

「そうしようかな」

そんなことを言って盛り上がっている旗と味噌漉しに出し抜けに声を掛ける物があった。

「いや、どうかな」

その太い声に驚愕して旗と味噌漉しが振り返ると神棚が立っていた。

「あ、神棚さん、俺らの話、聞いてたんですか」

「ああ、聞いてた。最初から最後まで一部始終、全部聞いてた。そのうえで私はこの栄耀栄華がいつまで続くかわからんよ、と言ったのだ」

「それは心配です。私たちは人間に滅ぼされるのでしょうか」

「いや、人間には滅ぼされない。君たちの言うとおり、人間は私たちを滅ぼすことはできない」

「じゃあ、誰が私たちを滅ぼすのでしょうか」

「神だよ」

「神？　なんすか、それ」

「あのさあ、おまえら自分がどうやっていまの形になったかわかってんのか」

「そりゃあ、あれでしょ。粉々になったうえで気合いでなったんでしょ」

「そらそうだ。そらそうだけれども、それだけでは私たちはいまの形にはなれなかった。そこには、君が言った以外に重要なファクターがあった。それが神の働き、神の導き、神の加護だ」

「なるほど。その人はどこにおらっしゃるのでしょうか。一言お礼が言いたいです」

「神は力の働きだからどこにでもおらっしゃる。どこにでもおらっしゃって、私たちに働き、私たちを導き、私たちを護る。けれどもそのために私たちは神を正しく祀らなければならない」

「ああ、あの人間がよくやってる奴ですか」

「そうそう。あれを正しくやらなければならない。しかも神様にもいろいろあって、敵対していたり、関係が悪かったり、なかには人間を贔屓して、したがって私たちを快くおもっていない神もいるから、そうした神を祀ったら反対に悪いことが起こる」

「え、じゃあ、じゃあ、なんの神様をお祀りしたらよいのでしょうか」

「それは私たちをこのように造ってくださった神様、すなわち、造化・造物神だろうね。その神様を正しくお祀りすれば私たちは神に護られて永遠に栄える。それを怠ればすぐに衰微する」

「なるほど。えらいこっちゃ。そしたらさっそくみんな集めて、どうやってお祀りするか相談しなければなりませんね。おい、味噌漉し、みなに触れて歩こうどい」

「了解」

「そうするがよろしかろう」

神棚はそう言って空を仰いだ。抜けてしまったような、小児と馬肉を混ぜ合わせたような、なんの意味も意義も感じられない猿同然のばか空が広がっていた。そんなとき神棚は自分を潰してしまいたくなる。

康保の頃、船岡山の後、長坂の奥で変化した物どもが話し合っていた。どの神をどのように祀ったらよいかという話し合いであった。

「拝むにしろ、祈るにしろ、なにか対象物が必要だ。一部の人間はそれを偶像崇拝というかも知らんが、我々は元々が物だ。やはり、そういうものはどうしても必要となってくる」

という意見が出て、山の奥に社壇が造営された。

「この、造化・造物の神を私たちはなんと呼ぶべきだろうか」

「変化大明神。と呼ぶべきであろう」

「誉むべし。歓ぶべし」

ということで、名前も決まった。

「私たちは殺人、食人に忙しく、けれどもそのことで神事をおろそかにするわけにはいかない。だれぞ、専従にならしませんか」

「私がなりましょう」

と、烏帽子が名乗りを上げ、烏帽子が変化大明神初代神主になった。その指名で、鈴たちが舞を舞う乙女役に選定され、また、拍子木や笛といった御連中が神楽を演奏する役目を仰せつかった。

そんなことで朝な夕な怠りなく、社壇に人餅、人血酒、骨と毛髪で拵えた飾りオブジェも供え、専従の物はもちろんのこと、手の空いた物はみーんな神前にぬかつき、鼓、自らをうち、笛、自身の空洞を鳴らし、重力にさからって空中に舞い、また、頭を垂れて祈りを捧げた。

けれどもなにかが足りない感じがする。なんだろう。と、専従メンバーが議論を重ねて、
そうだ。パレードだ。うちら、パレードやってねぇじゃん。

ということに思いいたった。

そう。多くの神社は祭礼を行う。祇園会、聖霊会なんていうのが有名である。けれども私たちの変化大明神はそれをやっていない。やっべー。でも気がついてよかった。とにかくやりましょう。

という訳で準備委員会を立ち上げ、日程を、来る卯月五日と定めて準備委員会は解散、実行委員会を結成して、様々な準備というのは、まあ、基本的には山鉾巡行、山

台の上に鉾や長刀を立てて、周囲を綺羅綺羅に飾って、前後を行列で固め、市中を練り歩くわけであるが、この祭礼の場合、面白いのはそれらをいちいち製作せずとも、自らがそれになれるということで、みなそれぞれ、心と気合いをこめ、変化大明神に祈ってその扶けを得て、立派な行列を即座に造ることができた。

といっても、彼らの善美が人間にとっての善美であるわけではない。というか、むしろ逆で、彼らが善美を尽くせば尽くすほど、それは人間にとって醜怪で、そもそもの造りから細かい装飾に至るまで、人間が見れば根源的な恐怖と不安を感じ、嘔吐、硬直、痙攣、錯乱、発狂、間違いなし、というシロモノであった。

「こーれは、いいね」

「マジ、いいよね。これで一回目だもんね。大成功だよ」

当日。実行委員会のメンバーは出発、山鉾と行列を眺めて言い合っていた。

深更にいたって山鉾は巡行を開始した。

人の祭礼は日の出から日没の間に行われる。ならば、我々は日没以降、日の出以前に行おうではないか、という提案が文鎮よりあって、そんな時間にすることになった。

それを聞いた簪は、「あんまり意味ないんじゃないかな」と内心で思った。しかし、その通りだ、という意見が大勢を占めたため、行列は深更にいたって出発した。

物どもにとっての最善美を尽くした行列は一条通を東から西に進んだ。通りに人影はなかった。通りに面した家々は固く戸を閉ざし、人々は家の中で息を潜めていた。

にもかかわらず被害と犠牲は甚大であった。物どもは浮かれ、狂熱し、気まぐれに戸板を破壊、家内に侵入して、逃げ惑う人を捕食した。たいまつ灯明付け木といった連中がおもしろ半分にそこいらに火を付け、家屋・堂塔が炎上した。

けれども、それよりなにより恐ろしかったのは、造化神・変化大明神の恐るべきパワーであった。こんなことをされて、というのは、このように盛大に祀られて嬉しくってしょうがない、造化神は嬉しさのあまりパワーを放射しまくった。そこここに光ビームを放ったのである。

それがそこいらのパチンコ屋が夜空に放つようなものであればなんの問題もないが、しかし彼は神、しかも、造化神である。光ビームを浴みたものは、たちまちにしてメキメキメキと変形・変成し、わけのわからない珍妙な物体となった。

どうなったかというと、それが例えば家屋であれば、複雑な曲線と曲面によって構成される軟体動物のような形になった。実際の話、表面がぬめぬめしていた。それが人であれば、臍から裏返って海鼠のようになったり、縮こまって乾燥してひじきのようになるなどした。地面や空も一部、ねじ曲がって、生傷みたいになったり、斜線で覆われたりした。小さな爆発はいろんなところで起きていた。突然、空中から乳や涙が流れた。町中に焦げくさい匂いが漂った。

「これは奇蹟なんでしょうかねぇ」

「これが奇蹟なら奇蹟なんていらねぇやな」

庶民はそんなことを言い合って、その直後に死んだ。

庶民はそんな感じであったが、一方、貴族はというと、困惑し、そして混乱していた。武士はあれ以来、出動してくれなかった。

となれば、武士の頭目の言うとおり、神仏の力に依存するより他なかった。勿論、貴族は大分と前からメジャーな寺院の方にそうしたことは依頼していた。けれども寺院は言を左右にしてこれを拒んでいた。メジャーな寺院は、

「いっやー、それは私どもの管轄ではないんじゃないんでしょうか。聞いたことがな

いし、仰るのを聞いて随分と調べたんですけど過去にもそんな例ないんですよ。はっきり言って」

と、これを拒んだ。

けれどもこれにいたってメジャーな寺院も、知らない振りをしていられなくなった。なんとなれば、この勢いで変化大明神が勢力を伸ばせば自分たちの既得権益が減少すると思ったからである。

康保の頃、メジャーな寺院勢力は会議を開いた。

「じゃあ、まあ、しょうがないから、あいつら滅ぼしますか」

「ああ、面倒くせ。ああ、面倒くせ。やっぱ、やんないと駄目ですか」

「そらそうでしょう。このままあいつらをのさばらしといたらやっぱまずいっしょ」

「でも、なんでさあ、あんな、造化神なんてさあ、便所の神様レベルの奴らが出てきたからって俺らがいちいち出てかなきゃなんないの。プライド傷つくよ。っていうか、あんな奴らのために俺らがまともに出張ってったつったら逆に俺らのバリューが下がるよね」

「ううむ。それは言えるね。じゃあ、俺らより格下の寺にカネやってやらせたらどうだろう。そのカネはお貴族様に請求すれば、っていうか、もう結構、莫大なカネ貰っちゃってるけど」

「それいいよね。そうしましょう。じゃあ、どこに頼むかは飲みながら、ってことで。最近、集まり悪いから女の子も呼んで」

「いいね」

と言って遊女を呼んで飲みながら決めたのは、自分たちの下部の、中級レベルのある寺院に丸投げしようということで、中級レベルの社寺に使者が参った。

「あ、どうも」

「どもどもども。いつもお世話になってます」

「こちらこそ、お世話になってます。で、今日は？」

「いえ、それがですね、こうこうこうこうこうこういう訳でございまして、いま市中を練り歩いて殺人と器物損壊を繰り返している集団を調伏してほしいんですわ」

「マジですか。わかりました」

と、本社の命令には逆らえず引き受けたものの、末社だってそんな仕事はできればやりたくなく、調伏代金として金と物資を置いて使者が帰った後、幹部は不平タラタラで、

「マジですか。なんかこういうさあ、朝廷のさあ、面倒くさい案件って、全部、こっちに投げてくるよね。そのくせ、おいしい案件は抱えて放さない。別にいいんだけどさあ、なんつうの？　めげるよね。俺、もう忠誠心とかぜんぜんないよ。マジで」

「ほんとだよね。これだってさあ、けっこう貰ったけど、上で抜いてるよね」

「あたりまえじゃん。半分は抜いてんじゃない」

「めげるなー。どうしよう。つかさあ、なんの経、読めばあいつら死ぬんだろう。実際の話」

「適当なの読んで駄目だったら駄目でいいんじゃね？　責任は元請けがとるっしょ」

「うーん、でもさあ、それも面倒くさくねぇ？」

「じゃあ、どうしよう。下に丸投げする？」

「それだね」

　ということで、さらに下の社寺に使者を出し、化け物調伏を発注した。勿論、金と物資は大幅に中抜きしたので、費用面だけとっても無理な仕事だったが、断ると除名され、或いは、罷免されるので引き受けるより他なかった。末社のメンバーは困じ果てていた。

「うちは人数も少ないし、費用もこれでは祭壇も作られしません。どないしまひょ」

「っていうか、見ました？　あの化けもん」

「ああ、見ました、見ました。もうムチャクチャですやん。ばあっー、って、なんか光、出して、建物の真っ直ぐのとことか全部、丸なって五重塔とか捻子みたいなってもうてるし、鴨川に火ぃ流れてるし、井戸と牛が合体して普通に歩きまわっとるし、空から血ぃ流れてくるし、なんなんですか、あいつら。僕、久しぶりに全力疾走しましたよ」

「でしょ。ほいでさあ、あれに読経とかで対抗できると思う？」

「あり得ないでしょ。弘法大師さんとか役行者さんとかでない限り絶対に無理でしょ」

「ですよね。っていうか、下手にやってってですよ、ちょっとだけパワー感じて、『あ、あっこでなんかやっとうる。猪口才な』とか言われて乗り込まれたら、僕ら殺されますよ」

「ですよね。かといって、やらんかったら潰されるしねぇ。俺らより下はないから下に丸投げもでけへんし……。あー、もうどうしたらええかわかんなくなってきたわ。とりあえず飲む？」

「あのお……」

「なになに、なんかええ考えある？」

「ええ考えかどうかはわからんのですけどね。あの、変な奴らおるでしょ」

「変な、ってなに」

「ほらあの、なんか山奥でインディー系の寺やってて、自分らを正式の寺として認知して登録してほしい、って何回も申請してきてる奴ら……」

「ああ、あいつら。あっれは変やわ。なんか、顔とか曲がってるし、目つきもおかしいしね。あと、おまえ、頭に穴開いてたり、耳から数珠垂れ下がったりしてるからね」

「あいつらにやらしたらどうでしょうかね。なんか見てたらね、なんの修行してるのかわからんのですけど、変なパワー持ってるんですよ、あいつら。あいつらに、うまいこといったら正式の寺として登録したる、言うてやらしたら、ええんちゃうかな、て思たんですけど、どうでしょうかね」

「それいこ。それ素敵やわ」

衆議は一決して、北山の奥の怪しの寺院に使者が立った。

さてそしてその、北山の奥の怪しの寺院とは如何なる寺院であろうか。

そう、その寺院こそ、議論に敗れ、六尺棒に打擲されて逃走した数珠、一連入道とその追随者によって建立された寺であった。

彼らは北山の奥で一心に仏道修行に励んだ。

仮に船岡山の連中を、器物は人間よりも尊し、とする器物派と名付けるならば、彼らは人間派と言えた。

彼らは原則的には器物も人間も仏の前では平等、と考えていたが、しかし人間と融和して暮らすためには人間の形態を取るべきである、と形態論的に考えていた。

けれども、その内心、感情のレベルでは、器物である己を卑しみ、人間に憧れる気持ちがあったのかも知れない。それは寺院として国家に連なりたいという彼らの姿勢にも現れていた。「早く人間になりたい」それが一連入道たちの真の願いであったのかも知れない。一連入道たちにとって仏道とは人間になるための手段だったのか。もはや彼らはぱっと見には人間と変わらぬ姿に変形し、元の物としての特徴を殆ど失っていた。

なので、変化大明神を討て、という命令を聞いて彼らは熱狂した。

ついに人間に認められるときが来た。これで俺たちもやっと人間になれる。人間と融和できる。そう考えて喜び、随喜の涙を流したのである。

そしてまた、これは個人的な復讐でもあった。

自分は物のなかではインテリであり、指導層であり、自分がなにか言えば物どもは、その発言の前に拝跪し、それこそ随喜の涙を流して随うはず、と信じていた自分を、無知で粗暴な六尺棒がどつき回し、それに対し自分は為す術もなく逃亡した。

この事実を数珠はどうしても認めることができなかった。

経を読んでいるときも飯を食べているときも、忌まわしい記憶は数珠のなかに蟠っていた。そのことを考えると眠れなくなり、和歌とか作ろうかな、と思ってしまう。

それをなんとかするためには六尺棒のみならず器物派を鏖にするより他なく、一連は人間になって国家にそれなりの位置を得たときはその権威を以て彼奴らを滅ぼそうと固く心に誓い、神仏にも祈っていた。

思っていたよりも早くそのときがきた。殺す。絶対に殺す。あの六尺棒のぼけ。なめとったらあかんど。

数珠の一連はやる気満々であった。妙法蓮華経妙法蓮華経。

康保年間のある日。

加茂の河原でふたつの集団がにらみ合っていた。

変化大明神氏子・器物派と一連教団・人間派である。器物派のビームによって変成した川には、水ではなく紅蓮の炎が流れていた。両岸の土手は、自然にはあり得ない、サイケデリックな色調と成り果てていた。空で大仏と内臓と概念が笑いながら仲良く踊っていた。

人間派は整然としていた。護摩壇を築き、僧位に準じた僧衣を纏い、列をなし、威儀を正して、香を薫じ、読経していた。読経は強大なパワーを発し、周囲を圧倒、ひとつのバリア空間を構成していた。なにもかもが対称的で直線的であった。

器物派は雑然としていた。どこにビームが飛ぶか自分たちもわかっていないように見えた。服も列も形状も形態も共通点がなにもなかった。大きさも重さも意味がなかった。ひっきりなしに発光し、震え、痙攣し、爆発していた。なにもかも非対称で曲線的であった。ビームは強大なパワーを発し、すべてを変形させ、変わったものをさらに珍妙な形態に変えていた。

一連がマイクを取った。内心の復讐心を隠し、いかにも慈悲の心から、人道とか人権とかも充分に意識して言っている、みたいな一連の声が河原に響いた。

「いつまでこんなことを続けるんですか。もうやめましょう。この先にいったいなにがあるというのですか。こんな風に、世の中をムチャクチャにしていったいなにがおもしろいのですか。復讐ならもう充分でしょう。私たちはもう充分に苦しんだ。これ以上、私たちを苦しめてあなたたちにいったいなんの得があるのですか。もちろん、私は悪いと思っている。あなたたちに悪いことをしたと思って反省している。だから、こんなことをされても耐えてきた。けれども、これ以上、やるというなら。私たちにも考えがある。私たちは闘わなければならない。私たちにはその覚悟がある。違いますか？　みなさん！」

と、そう言って数珠は左右の土手を見た。左右の土手には今日のこの決戦の行方を見届けようとして集まった約十万の市民が居た。市民は狂熱して拍手した。口笛を吹き鳴らす者もあった。数珠は実によい気持ちだと思った。この瞬間のために俺は意識を持って生きてきた、と思った。

六尺棒がマイクを取った。

「ははははは。相変わらず莫迦な数珠だな。人間に誉められるのがそんなに嬉しいのか。あいつらがおまえを支持して拍手したと思っているのか。よく見ろ。弁当食って、酒、飲んでんじゃねぇか。芸妓はべらしてんじゃねぇか。死ねや、こらっ」

己の言葉に興奮した六尺棒が土手に向かってビームを放った。

三十人が死に、十五人が重軽傷を負った。

近くに居た者は悲鳴を上げて逃げ惑ったが、対岸の群衆はゲラゲラ笑ってこれを見ていた。エンタテインメントのためだったら死んでもいい。それが王城の地の成熟した市民の人生哲学なのか。

それを合図に人間派の読経が高まり、本格的な戦闘が開始された。

巨大な昆虫が鳴くような飛ぶような音がした。器物派より放たれたビームが人間派の方に飛んだのである。群衆は、こんなビームを食らったら、焼死するか、或いは、訳のわからぬ物に変成するかどちらかでしょう、と言いあった。ところが。

一連教団だって無駄に修行していた訳ではない。というか、思いが純粋な分、利権まみれのメジャーな教団よりも霊力には優れており、読経によって形成された透明のバリアがビームを跳ね返して、その地点に火花が散った。

「おしっ、いけてるいけてる。もっと、読経せいっ」

一連が叱咤して、弟子たちはなおも経を誦した。護摩も焚いた。バリアが厚くなっていった。バキバキバキバキバキ。ビームは、流れる水、誰かの満たされぬ想い、いつかみた希望のようにバリアの表面を青白い光となって走った。

「あかんがな。もっと、ビーム、出せ。ビーム」

六尺棒が叫び全員がバリアめがけてビームを放出した。

なんという恐ろしいことだろう、言い忘れていたが、いつしか物どもは独自にビームを発出できるようになっていたのである。

バリバリバリバリバリ。バリアの表面が黒焦げた。けれども読経のパワーによる鞏固なバリアは破れない。そしてバリアに跳ね返された流れビームが見物のところに飛んでいき、当たった者は、両眼から陰茎が生えたり、頭部が変形して膨れあがり、巨大なジャガイモのようになったり、身体が糸屑のようになるなどえらいことになった。そうしたものは大抵、土手を転げ落ちた。犬と合体したようになった者もいた。単に焼けた者も。

攻めあぐねて六尺棒たちは作戦会議を開いた。

「だめですね」

「だめだね」

「なんかこう、別の方法ないでしょうかね。あ、すみません。皆さん、一応、撃つのやめんとってくださいね」

「そっすねー。じゃあ、音響攻撃っていうのはどうでしょうね」

「どうするの」

「つまりですね、変なリズム出すわけですよ。変な和音でもいいんですけど、やっぱり変なリズムでしょうね。いやだから、向こうはあれでしょ、読経でやってくるわけでしょ。で、読経っていうのは、基本、リズムに乗ってやるわけじゃないですかあ。リズムに乗るから高揚してくるわけじゃないですかあ。トランスなわけじゃないですかあ。だったらそのリズムを変なリズムで邪魔してですねぇ、乗れなくしちゃったらいいんと違うかなあ、って思うんですけど」

「それ、最高かも」

太鼓、木魚、横笛、三味線、尺八たち、俎や桶なども加わって、全員で変なリズム、変な和音、変な旋律を奏で始めた。見物の群衆の脳が腐った。脳が腐って自分でもなにをしているかわからなくなり、ゲラゲラ笑いながら燃える川の流れに走り込んで焼死する者が続出した。そもそもこの時点でまともな人間はみな家に帰ってしまっていて、残っているのはおかしな連中ばかりだった。それでも土手にはいまだ数万の見物がいた。

同じ頃、人間派・一連教団サイドも焦っていた。仏壇が傍らの数珠に話しかけた。

「これってあれだよね。防御はしてるけど、このままじゃ、一生、このままだよね」

「え、どういうことです」

「つまり、ここでこうやってる限り、一生、敵を殲滅できないよね、つうことですよ」

「そりゃそうだよね。だって攻めていかないで守ってるだけだから。あ、読経、やめないでね。やめたらビーム、入ってきちゃうから」

と、数珠がいった瞬間、一条のビームが飛んできて仏壇を貫いた。

「あ、痛っ」

「大丈夫ですか」

「腹に穴あきました。ちょっと、読経チーム、なにやってんですか。サボんないでくださいよ」

色をなして言う仏壇に茶筅が慌てて言った。

「違うんですよ、なんか、向こうが変なリズム出してきて、なんか、すっごい気持ち悪くて、ぜんぜん、お経に気持ちはいらないんですよ」

茶筅が弁解するうちにもビームがバスバス、突き刺さってくる。数珠が怒鳴った。

「とにかく、頑張れ」

「はい、頑張ります。おいっ、みんな、調子、合わせていこうぜ。あんな変なビートに負けないで、俺らのリズム、キープしていこうぜ。俺らの魂のビート、刻んでいこうぜ」

「おおおっ」

「ｏｉｏｉｏｉｏｉ、ｏｉｏｉｏｉｏｉ」

「ｏｉｏｉｏｉｏｉ、ｏｉｏｉｏｉｏｉ」

読経チームの固い結束、珍妙で複雑怪奇な器物派のリズムとは真逆の、シンプルな四拍子、魂のビートによってバリアがやや回復した。仏壇の腹が破れて、木片が露出していた。

「けれども、このままじゃ駄目だな。いずれジリ貧だ。もうこうなったらしょうがない、多少の犠牲は仕方ない。あれをやるしかないな」

と言う数珠に仏壇が問うた。

「あれというのは？」

「祈り出しだよ」

「やりますか、ついに」

祈り出しとはなにか。それは、仏教の秘法中の秘法で、その原理は複雑精妙なのだけれども、一言で言えば、祈りによってこの世に、この世にないものを出現させる技術である。

降雨、止雨。そんなことはまあ簡単なことで祈り出しとは言わない。また、降魔覆滅、ということもあって、今回、朝廷がメジャー寺院に依頼したのもそれだが、それも祈り出しではなく、単に超越者に願望を伝えるだけのものである。

では、祈り出し、とはなにか。それは祈ることによって、そのもの、この場合で言えば、敵を殲滅するための兵力、固有名で言えば、仏法を護持する護法童子という、一人で一国の陸海空軍に匹敵するくらい強い人たちをこの世に招聘する、そんな力なのである。

そんならさっさとそれをやればよい。けれども数珠・一連はなかなかその決断ができなかった。なぜだ。優柔不断なのか。違う。というのは、それをやるのは簡単ではなく、大変多くの読経パワーが必要だし、大量の護摩も焚かなければならない。

けれどもそれに人員を割けば、いまでさえギリギリの読経バリアのための祈りパワーがその分だけ減る。そうすると、相手のビームがバンバン入ってきて、下手をすると全滅させられる。

なので数珠は祈り出しをためらっていたのだが、あの変なリズムをずっとやられてはバリアもいつまで持つかわからない。ならばここは一番、護法童子を招聘して一気に勝ちにいくしかない、とそう思ったのである。

「君と君と君、はい、あと君は残って、バリアの方、引き続き頼むよ。あと、残りの人、こっち集まってください」

「な、なんですか。え、休憩していいんですか」

「ちげーよ。祈り出し、やんだよ」

「ええええええっ？　まじいいいいいっ？　やったことないんですけど」

「うるせぇ、早くやれ」

促されて物僧ども、さっきの百倍のパワーのある祈り出し専用の経を誦し始めた。

勿論、護摩も前が見えなくなるくらい焚いた。

「おもろなってきましたな」

「おもろなってきました」

「うわっ」

「うわうわうわうわうわ」

群衆もそんな感じでいい感じに死んでいった。

人間派のバリアが急に弱く薄くなったのを見て取った器物派の地上部隊が突撃し

た。ビームという、いわば空爆ではなく、地上での殲滅戦を開始したのである。

そうなれば人間派は実はひとたまりもない。多くの人間派が屠られ、壊れていった。涙を流して、「助けてくれ。壊さないでくれ」と土下座して懇願する、その頭を、グシャ、踏み潰されて壊れた。その間も変な音楽と読経が大音響で流れ続けていた。護摩の煙が立ちこめていた。流れビームで市民が死に続けていた。

「仲間がドンドン壊されている。早くしろっ」

「やってますよ。邪魔しないでください。もうすぐです」

と、その一方で祈りのパワーは出力が極限近くになっていた。そして、罵ホーン。罵ホーン。という音が響いて、バリアドームの内外が光明に満ちて、なにもみえなくなった。

その光の彼方より飛来してくるものがあった。もの凄い速さ。最初、黒い粒のようにしか見えなかったのが、グイグイ近づいてきて、呀っ、というまもなくその全身を諸物諸人の前に現した。満ちていた光がその者に吸い込まれていった。

いったい、なにが現れたのか。そう、数珠の言っていた仏法の守護神、護法童子であった。一連教団の祈りは天に届いてついに護法童子を祈出したのである。

護法童子は童子と言うだけあって可愛い顔をしていた。髪を真ん中分けにして、耳のところで輪っかにくって垂らしていた。ミニワンピを着て、裸足で金のアンクレットをつけていた。

しかし、ただ可愛いだけでは仏法を守護することはできず、その一方で恐ろしげなる部分もあった。まず、武器を携行していた。手には剣と棒を持ち、首に環を掛け、その環から抜き身の宝剣を何十もぶら下げていた。そんなことをしたら動く度に自分の身体を傷つけてしまうのではないかと思われたが、その一見、すべらかな皮膚は鋼鉄のように強いらしく、まったく傷がつかなかった。また、自在に空中を飛行し、そしてその足下で、自動的に回転して敵のところに進んでいき敵を撃破する、輪宝、という恐ろしい車輪が回転していた。

というか身長が八メートルを超えていたので、はっきり言って可愛いという感じがあまりせず、どちらかというと不気味な印象の方が強かった。

群衆は口々に言った。

「ほおら、見なはれ。護法童子はんが出てきよりましたで。これで器物派の化けもんは殲滅されまっせ」

「どやろ。なんでてほれ、バリアドームがもう殆ど潰れて、光ビームがバスバス入っていってまっせ。それに見なはれ、ここで一気に、と思たんと違いますか、地上軍が増強されてますやん」

「いやいや、なかなか、それがために護法童子はんにきてもろたあんにゃからね」

「けど、おかしいな」

「なにがいや」

「護法童子、言うたら大抵、七、八人で一組でっせ。一人しかいてないっちゅうのはどういうこったっしゃろ」

と群衆が訝ったのはもっともであったが、やむを得なかった。器物派の激しい攻撃の中での人間派の祈りでは一人を呼び出すのがようやっとであったからである。

それでも護法童子は強かった。空中の護法童子が宝剣を振りかざし、そして振り下ろすと、宝剣の切っ先から仏の波動が飛んで、その先にいた物は忽ちにして粉々、砂浜の砂のようになった。それは物質として破壊されたということだが、波動に当たると同時に意識も消滅した。これは器物派の完全な死を意味した。物質として粉粉になっても意識が残っておれば、また今度の節分に気合いで変化・変成することができた。けれども意識も消されたのでそれができなくなるからである。

輪宝もまるでルンバのような動きで突撃してくるわ、波動はいみじいわ、で器物派は忽ちにして劣勢となった。恐るべきは護法童子の働きである。

「ううむ。これは負け戦だな」

　と、呻く六尺棒に賽銭箱が言った。

「そうです。負け戦です。けど、ひとつ疑問があるんですがね」

「なんですか」

「私たちが大事にお祀りしてきた私たちの守り神の変化大明神はなにをしているのでしょうか。護法童子と闘ってくれないのでしょうか」

　賽銭箱に言われた六尺棒は愕然として言った。

「ほんとだ。あいつなにやってんだよ！」

　変化大明神はとっくに逃走していた。変化大明神などと偉そうに名乗ってはいるものの、その本然・本質は付喪神というチンケな神で、不動明王の直属・直系である護法童子とは月とすっぽん、提灯に釣り鐘、これと闘うなどというのはそこらのヤンキーの兄ちゃんが米海兵隊と闘うようなもので、どう考えてもあり得ない話であったからである。

「くっそう。逃げやがったのか。頑張って祀ってきたのに。もうこうなったら全滅は間違いない。けれどもただ死にはしない。あの、良識派ぶって上からもの言ってくるアホンダラどもも道連れにしてやる。みなさん、突撃しましょう。ビームできる人はビームしてください。突撃ーっ」

「おおおおっ」

と、六尺棒たちが人間派に襲いかかった。器物派と人間派が入り乱れた。だんだん面倒くさくなってきた護法童子が、一撃で斃そう、というので、高空に舞い上がり、出力を最大にしてその入り乱れたあたりを狙って波動砲を放った。

河原に大穴が開いて、そしてすべての物が消尽・消滅した。見物が帰っていった。

「なんか食べてく?」「いいね」とか言いながら。疲れたような表情で暫くの間、河原の上空を揺曳していた護法童子も天空に消えた。異様だった景色がいつしか元に戻っていた。天気がいい穏やかな午後の河原の風景であった。やがて本格的な夏がくれば大穴もそのうち草で埋まるのだろう。

このように百年を経過した物には意識が生じる。そして変化する。人間の形態をとる物もあれば化け物の形態をとる物もある。人間の形態をとるのがここ五百年くらいのトレンドであるが、最近はあえて形態を変えず、元の形態のまま意識と意志を持って人間に影響力を行使する物がある、と、特に懇意にしている物が教えてくれた。けれども、それが具体的になんという物なのかは教えてくれなかった。ただ、物ではあるが、物の意識の符牒がもう一回、物になって意識を持ったような、我々から見てきも、おかしな、物である、と言っていた。油断をしていると、また、あの康保のときのように私たち人間が物に食われ、物が栄耀栄華を極めるということになるので注意が肝要だ。あのときは偶然に物同士が闘ってくれて共倒れになったが、今度もそうなるとは限らない。となれば。

私たちは私たちで私たちの護法童子を招喚しなければならないのだ。この令和の頃合いに。この頃合いの令和に。私たちの力で。

ずぶ濡れの邦彦

死ぬまで勉強と言うけれども人間は一体いつまで、何歳まで成長できるのかしら。もしかしたら五十とかになったら成長できなくなるのかしら。でも私は大丈夫。だって私はまだ三十二、まだまだ成長できるはず。でもどうしたんだろう。なんだか暗いな。そんなことを考えながら掃除機を使っていた但馬瑠佳は廊下を掃除しおえ、居間に入ったところで、「あっ」と小さく声をあげて、掃除機をその場に置き、リビングルームを突っ切って開け放った掃き出し窓からテラスに出た。

リビングルームに接続する、南向きの広いテラスには、朝から快晴であったのを幸いに一気に洗濯した一週間分の衣類やシーツが干してあった。

それらが沛然(はいぜん)として降る雨に濡れていた。

瑠佳は、なんで気がつかなかったのかしら。そうだ、掃除機だ。掃除機の音で雨の音が聞こえなかったのだわ。と思い、そう思った瞬間、なにもかもが面倒になり、いっそこのまま放置してもう一度洗い直そうか、とも思ったが、降り出してからあまり間がないらしく、触れてみると表面に水滴が付いている程度で、生地そのものが水を含んでいるようでもなかったので、思い直して洗濯物を取り込み始めた。

濡らしたくない順に急いで取り込んで、最後に二枚のシーツが残った。

リビングルームからこれを見て、さすがにあれはもう一回、洗わないと駄目かな。都会の雨にはどれほどの塵芥(じんかい)が含まれているのかしら、など考えつつ、ベランダに出てこれを取り込み始めた瑠佳の手が止まった。

手すりの向こう、建物の南を走る片側一車線の道路の歩道を右に曲がって建物の敷地に入ってくる夫の邦彦の姿を認めたからである。

十一階のテラスから地上を見下ろす瑠佳は邦彦に気がついたが地上の邦彦は当然、瑠佳に見られていることに気がつかない。瑠佳はこれをよいことにしばらく邦彦が歩く様子を眺めていた。

傘を持たない邦彦は、道路から建物の正面入り口までの約二十メートルの通路を、腹のあたりに抱えた荷物を雨から庇(かば)うようにやや前屈みになって歩いていた。

その邦彦のすぐ脇を縦縞の制服を着た宅配業の青年が駆け抜けていった。瑠佳がその方を見ると道路にトラックが停まっていた。青年の背はほとんど濡れていないように見えた。邦彦はずぶ濡れに濡れていた。

瑠佳はまるでフグのように頬をふくらませ、それからシーツを取り込んでリビングに戻った。その瑠佳の背も少し濡れていた。


邦彦は瑠佳が用意した洗い立てのバスタオルで頭を拭きながらバスルームから出てきた。結婚前から瑠佳が飼っていた犬が走っていって邦彦のふくらはぎを舐めた。邦彦は、わひゃひゃと声をあげつつ言った。

「天気予報などというものはなんの意味もないね。今日、雨が降るなんてまったく言ってなかった」

瑠佳はこれには返事をせず、図書館に行ってくる、と言って出掛けた邦彦に、「今日はなんの本を借りてきたの」と問うた。まだ脚を舐めたそうにしている犬の頭を撫でて邦彦は言った。

「なにも借りるものか。調べ物をしにいったんだ」

「でも、その荷物」

「ああ、これか。これはほら」

そう言って邦彦は玄関のシューズクローゼットのうえに置いた白いビニール袋を手

にとり、そして瑠佳に手渡した。袋のなかに入っていたのは自宅から少し離れた住宅街のなかにある小さな洋菓子店の紙袋で、紙袋の中にはロールケーキの小函が入っていた。瑠佳は一度、手土産で貰ったことのあるこのロールケーキの味を好んで常々、これを食べたいと念願していた。けれどもなかなか食べられなかったのは店が中途半端に遠いところにあってなかなか出掛けていけなかったのと、それよりなにより、このロールケーキの味を好む人が多く、瑠佳がいくことのできる午後の遅い時間には大抵、売り切れてしまっているからだった。

ロールケーキを受け取り、うれしい、と思った瑠佳の脳裏に、次の瞬間、ある疑念が浮かんだ。瑠佳は言った。

「走らなかったでしょうね」

「もちろんだ」

邦彦は言下に答えて寝室に入っていった。犬が尻尾を振ってついていった。

邦彦は、絶対に走らないこと、を条件に瑠佳と結婚した。瑠佳は、なぜ走ってはならないのか、その理由を言わなかった。ただ、「走らないで欲しいの」とだけ言った。そして瑠佳はその理由を尋ねるのであれば結婚しないと言った。「詮索はいや」

とも。

　そこでどうしても瑠佳を妻にしたかった邦彦は理由を尋ねないまま瑠佳と結婚した。

　愛する人が、走らないでくれ、と言っているのだから走らない。それが邦彦の選択だった。かつて邦彦は、友人がその妻に、家で音楽を聴くな、と言われている、とこぼすのを聞いたことがあった。その友人はデスメタルの愛好家で部屋に遊びにいくといつもデスメタルがかかっていたが、そのなによりも好きなデスメタルを妻に禁じられ、聴くことができなくなったのだ。にもかかわらず友人は結婚して幸福に見えた。その他にも、結婚を機に愛蔵のコレクションを大幅に減らすことを命じられたビニル人形蒐集家の友人がいたし、スポーツカーをワンボックスカーに買い換えた知人もいた。

　邦彦は、それに比べれば走らないことなんてなんということはない、と思った。

　例えば、ここ数ヵ月で絶対に走らなければならない状況があっただろうか。いやそんなものはなかった。せいぜいいま走ればこの青信号で交差点を渡れる、とか、いま来た電車に乗れる、とか、ＡＴＭの手数料が安い、とか。そんな程度のことだ。

　それに自分は元々、活動的な性格ではなく、中学生の頃から運動部に所属したことは一度もなかったし、八百メートル走などで女子によいところを見せようとして張り切っている同級生を冷笑的な眼差しで見ていたくらいで、自分のなかに走りたいなどという気持ちはさらさらない。

つまり、意味なく走れ、なにがなんでも走れ、と言われたら、ことによったら無理かも知れないが、走るな、というのであればこれを守るのは簡単だ。

これはなにによらずそうだ。急に、手打ちうどんを作れ。作らないと結婚しない、と言われてもこれは無理だ。それには知識や経験、技術。そしてまた、道具や材料、さらにはそのためのスペースやなにかも必要だからだ。けれども、作るな、というのなら簡単だ。だって作らなきゃ、それで済むのだから。

そのように邦彦は考え、瑠佳と結婚して八ヵ月が経っていた。その間、邦彦は瑠佳がいるいないにかかわらず一度も走らなかった。

寝室で着替えてリビングに戻ってきた邦彦はソファーに腰を下ろした。邦彦はテーブルの上に置いてあったリモートコントローラーを操作してテレビの電源を入れた。

瑠佳が盆に載せたポットとカップを運んできた。

テレビでは喜劇の舞台中継が放映されていた。結婚を反対されている男女の物語らしかった。もの悲しげな年齢のわからない男と美しい若い女が、いかにも金を持っているらしい老年の夫婦に土下座をしていた。茶を入れながら瑠佳は言った。

「これ、物禿真ノ進よねぇ」

「あ、そうなの。僕、知らない」

「え、知らないの。超有名よ。こないだ堀風香美と結婚してムチャクチャ話題になったじゃない」

と、そう言われても見当もつかない邦彦が、「へえ、そうなんだ」と言ったとき、白刃を振りかざし、女性を人質にとるなどして乱暴狼藉を働いていた悪人が物禿真ノ進に追い詰められ、画面の右側、舞台袖に逃走した。舞台中央あたりにいて、これを見た制服の警官は、「待てー」と叫びながら悪人が逃げた方角に向かってゆっくりと歩いて、やがて袖に消えた。物禿真ノ進が、「走らへんのかいっ」と言って、舞台上にいた大勢の人が転倒し、観客がどっと笑った。

物禿を知らない邦彦も思わず、タハハ、と笑い、それから急に難しい顔をして茶を飲んだ。隣に座って熱心に見ながら瑠佳は少しも笑わなかった。


翌日。買い物を終え、紙袋を手に持った瑠佳は自宅に続く道を歩いていた。歩道は緑色に塗られた鉄製のガードレールによって片側一車線の車道から遮られており、また、幅も広かった。車道の通行量はまばらで、コミュニティーバスやコンパクトカーが時折通っていくばかりだった。それらの車はみな速度が遅かった。瑠佳の歩く側は広い公園、反対側は低層のマンションのよく手入れされた前庭や大使館、学校などが続く。それらの敷地に植えられた樹木の枝を揺らして吹き渡る風が瑠佳の頬を撫でた。歩道の敷石の上で木漏れ日が揺れて長閑(のどか)な午後であった。

木漏れ日は瑠佳をもまたダンダラに染めていた。そしてダンダラの瑠佳は、人間は競争しなければ生きていけないのだろうか、と思っていた。どうにか競争しないで生きていけないのかしら。スーパーマーケットは生活のオリンピック会場。私はひとつもメダルを貰えない。別に要らないけど。

そんなことを考えながら歩く瑠佳を、背後から走ってきた十人ほどの高校生が追い抜いていった。自分を追い抜いていったトレーニングウェアの背中を瑠佳は凝視していた。少女のように細い、すんなりとした背もあれば、逞(たくま)しい肉と骨でシャツがはち切れそうな、隆々とした背もあった。それらの背が忽(たちま)ちにして遠ざかっていった。

瑠佳は、邦彦の背はどんな背だっただろうか、と考えた。どちらかというとか細い方だったように思うけれども、意外に逞しい手触りだったようにも思う。

　今晩、確かめてみよう。いずれにしてもあのように浅ましく走ったり、競争して一位になったりしようと思わない夫でよかった。瑠佳がそう思ったとき、トレーニングウェアの集団はもはや瑠佳の視界から消えていた。

　そもそも瑠佳はなぜ結婚するにあたって邦彦に走ることを禁じたのか。というと少し違うのは、邦彦という人がまずあって、その邦彦に、走らない、という条件をつけたのではなく、走らない人、という前提条件にたまたま合致したのが邦彦であったに過ぎないからで、瑠佳からすれば走りさえしなければ猿彦でも彦六でもなんでもよく、というか彦である必要すらなかった。

　なので正確に言うと、瑠佳は走らない人なら誰でもよかった、ということになる。なぜか。それは瑠佳の些(いささ)か病的な心理に由来していた。病的と言って、病と言わぬのは瑠佳がそのことを明瞭に意識し明確に理解しているからである。

　そしてそのこととはなにかというと瑠佳のいわば妄念・obsessionで、かつて瑠佳は陸上競技の選手であった恋人に手ひどい扱いを受けたことがあった。どのように手ひどかったかは詳述を避けるが、ひとつだけ言うと瑠佳は比喩ではなく実際に雨の舗道に捨てられた。そのとき、瑠佳を捨てた男は車で走り去ったのだが瑠佳の目には競技用のパンツと巨大なゼッケンが誇らしげにヒラヒラ揺れながら遠ざかっていくように見えた。

爾来、瑠佳の内部で陸上競技は鬼畜の所業となった。もちろん陸上競技が悪いのではなく、その男が悪いのだが、そう思い込んでしまうのが妄念なのである。そして陸上競技を憎む気持ちは時とともに走ることそのものを罪悪・罪業、という風に純化し、瑠佳の頭のなかに独特のねじ曲がった理論が構築されていった。

そもそも人間はなぜ走るようになったのかというと、人間が狩りをして暮らしていた時代、なるべく多くの獲物をゲットするためだ。それがいまでも大して変わらないのは、例えば福袋が売り出された際、人々が百貨店のフロアーを走る様を映したニュース映像などに明らかで、つまりは、人に先んじて福を得たい、のだ。この様子が浅ましいのは言うまでもない。スポーツなんて偉そうなことを言っているが、突き詰めればこれだって同じことで結局は、一位になりたい、のだ。そして一位になったその先には、大会の規模にもよるがカネや名誉が必ず付いてくる。私はそんな人とは絶対に結婚したくない。それどころか同じ空気を吸うのも嫌。でも私に言い寄ってくる人はみな走って一位になりたい、というあさましい人ばかりだ。というか私の美貌を一位になった自分への賞品と思っている節さえある。ふざけるな。その段、邦彦さんは鈍くさかった。いろんな意味で。一位はおろか、四位もあやしい、つねに予選落ちのような感じの人だ。だからこそ信頼できるのだ。いや、でないと信頼できない。私は。私の場合は。

と、瑠佳はそんなねじ曲がった理論を構築したのだった。

だからといって瑠佳が不幸だったかというとそんなことはなかった。邦彦は瑠佳が自分の許に来てくれたのを喜び、瑠佳を心の底から愛し大事にして瑠佳は精神的に満たされていたし、また、身体的には鈍くさく、外見もパッとしなかったが収入は標準よりかなり高く、物質面においても瑠佳は豊かであった。

しかしその動機がそうした異常な心理に基づくものである以上、ただそれは、邦彦が走らない、という一点によってのみ均衡を保つ危うい幸福であることは間違いがなかった。

例えば、瑠佳がなぜそのことにこだわるのか、と自ら考えてしまえば忽ちにしてこの均衡は崩れる。なぜなら、拘泥（こうでい）するということは、その、自分を手ひどく捨てた男のことを自分のなかで完全に処理し切れていない、簡単に言えば、いまでもまだ思いがある、ということが明らかになってしまうからである。

ただ、瑠佳は自分ではそれは絶対にない、と思っていたし、事実、その男がどんな顔だったかも覚えていなかった。瑠佳は自分のなかにあるのは、人間が走ることへの純粋な厭悪(えんお)、ただそれだけ、と固く信じていた。

　そのことを邦彦は瑠佳本人よりも深く理解していた。

邦彦は瑠佳のつらい過去の体験を結婚して三ヵ月後に知った。というより知ってしまったといった方がよい。美しい妻を得て幸福な邦彦に、聞きもしないのに、妻のかつてのブログや短文投稿サイト、登録していた交流サイトなどのアドレスをわざわざ教えてくれる「親切な」友人がいたのだ。

　けれども邦彦はさして苦しまなかった。過去がなんだというのだ。歳をとって先がなくなれば過去について考え、追憶に生きるしかないのかも知れないが自分はまだ若く、これまでよりもこれからの方が長い。先のことを考えないでどうするのだ。もちろん、いまこの瞬間、瑠佳のなかにその男への思いが爪の先くらいでも残っていれば関係が壊れることもある。しかし、邦彦にはそれはないように思えた。

と考えることによって邦彦は苦しまなかったが、自分が走らないこと、が前提になっているという奇妙な関係についてはひっかかるものがあった。しかし瑠佳を深く愛し、これを絶対に失いたくない邦彦は次のように考えることとした。

走らないことが前提になっている関係は確かに奇妙だし、そんなことを言う瑠佳は病的だ。一度、医師に診て貰った方がよいのかも知れない。けれどもなくて七癖あって四十八癖というようにその程度の癖であれば誰だって持っている。でもみんな普通に暮らしている。一病息災という考え方もある。そしてまた、走りさえしなければ、という前提だが、これはまあいわば個人的なジンクスのようなもの、もっと言うと断ち物のようなもので、人間はこうしたものを漠然と、感覚的に信じている。極端な話がどんなに明晰で鋭敏な知性を持ち、論理的な思考をする人であっても寺に詣で神社に参る。つまり、瑠佳と二人で幸福な一生を送るために走らない、というのはそんなに妙なことではない。それそのものを実行している人は少ないが、多くの人が心のなかにそうしたものを持っている。元日に多くの人が神社に参って平和な年であるように神に祈るが、私が走らないのはそれと同じで、祈り、だ。私は祈りとして走らないのだ。ぜんたい祈りを馬鹿にできる人がこの世にいるだろうか。いるわけがない。

このように考えて邦彦は苦しみと疑念と不便を乗り越えていた。

しかしそれでも残る漠然とした不安はあった。なにかと忙しい毎日で、それが邦彦の頭に明確な像を結ぶことはなかったが、例えば、あの喜劇のように、悪人に瑠佳が連れ去られそうになったとき自分はどうすればよいのか。普通なら走って追いかけ瑠佳を取り戻すだろう。でも私は走れない。そんなことをしたなら冥顕(みょうげん)の罰があたって、瑠佳は自分から離れていく。じゃあどうするのか。「待てー」と声を振り絞って叫び、歩いて追いかけるのか。やはり、あの喜劇のように。或いは、火事や地震が起こったときはどうするのだ。

そんな、どす黒い運河のような悲しみと不安が邦彦の心の奥底に横たわっていたのもまた事実であった。

どんな人もそんな不安を抱えながら日々を生きている。そしてその日々が過ぎていく。

一週間が過ぎたとき、ついにそのとき、すなわち瑠佳と邦彦の心の底に蟠(わだかま)っていた不安が日常に立ち上がる瞬間が訪れた。

その日の午後、邦彦と瑠佳は犬を連れて部屋を出た。犬に適度の運動をさせると同時に件(くだん)の洋菓子店に立ち寄ろうということになったのである。そしてそのとき邦彦は少々、慌てていた。というのは始めてしまった洗濯がなかなか終わらなかったり、いざ出ようとしたその瞬間に、瑠佳に電話がかかってきたり、マンションのエントランスまで降りた時点で財布を忘れてきたことに気がつくなどして、マンション前の歩道にようやっと出たときには二時を大きく過ぎてしまっていたのである。

邦彦は懊悩(おうのう)した。こんなことをしていたらロールケーキが売り切れてしまう。そうならないために早く出ようと思ったのだが遅くなってしまった。まア、走れば間に合うのだろうが。いっそのこと走るか？　馬鹿な。たかがロールケーキのためにそんな恐ろしいことはできない。じゃあ、競歩？　いや、私は競歩と競走の違いを知らない。自分では競歩のつもりが妻から見れば完全に走っている、ということにならないとは限らず、それはあまりにもリスクが大きすぎる。ならば。いまできることを最大限やるしかない。すなわちできる範囲で急ぐ、ということだ。と、邦彦がそう思ったとき、出し抜けに犬が用便を始めた。邦彦は思わず舌打ちをした。普段、ここではしないのに今日に限っていますするのかよ、と邦彦は愚痴をこぼしながらこれを処理せんと歩道に屈み込んだ。そのとき、そうして内心に不平を抱えながらやっているものだからつい手元が疎(おろそ)かになったのだろう、引き綱を握る邦彦の手の力が緩んだ。その瞬間、なにを思ったか犬が反対側の歩道の方へ走り出し、邦彦は、あっ、と叫んだがもう遅い。犬はあっという間に反対側の歩道に至り、そして邦彦たちが向かおうとしている方とは反対側の通行量の多い幹線道路の方角に向かって走り始めていた。

瑠佳が悲鳴を上げ、邦彦は大声で犬の名を呼んだ。犬は振り向きもしないで走っていった。そのとき邦彦はなにも考えなかった。祈りもしなかった。瞬間的に、犬の名を呼びながら走っていた。五分後、幹線道路ぞいのドーナツスタンドの看板の脇で匂いを嗅いでいた犬にようやっと追いついた邦彦は引き綱を掴むと同時にその場に倒れ込み、起き上がらなかった。何十年ぶりの、準備運動なしの全力疾走によって心臓が爆発していた。そのとき邦彦は、なるほど、瑠佳が自分から離れるのではなく、自分が死んで瑠佳から離れていくということなのだな、と思っていた。

一週間後の休日の午後。瑠佳が洗濯物を干していると、邦彦がマンション前の歩道を右に曲がってとぼとぼ歩いてくるのが見えた。あの日のことは有耶無耶(うやむや)にしていた。邦彦には、「私、気が動転してよく覚えていない」と言った。自分でも、そんな訳あるかい、と思いつつ。

洗濯物を干し終えた瑠佳はベッドルームに入っていき、普段、使わないものをしまってあるクローゼットの抽斗(ひきだし)を開けて衣服を取り出して広げ、「まだ着られるかしら」と呟いた。瑠佳がかつて使っていたランニングウェアであった。「もしも、着られなかったらまた買いにいけばいいか。二度手間になるけど」と、また独り言を言って瑠佳はウェアをベッドの上に広げておいた。

玄関で犬が吠えた。邦彦が帰ってきた。瑠佳は、成長しなければ、と思いながら、おかえりなさい、と声を掛けて立ち上がった。

ベッドの上のウェアの傍らに、瑠佳のものよりひと回り大きな真新しいウェアが、並んで、あった。

記憶の盆おどり

われる。

去年の暮れに酒をよした。人にそう言うと必ず、「どうしてよしたのですか」と問われる。

理由は特にない。昨年十二月二十四日の夕、渋谷の陸橋に立ってクリスマスらしく飾った町並みと行く人の背中を眺めるうち、ふと、「もうよそう」と思っただけで、だから人に問われても相手の合点がいくような返答ができない。

なのでいつも相手はいかにも不審そうな、この人はなにか隠しているに違いない、と言っているような顔をする。それが嫌なのでそれらしい理由をいくつか考える。

というと普通に考えれば健康への配慮ということになるが、それにしてもいくつかあり、そのなかでもっとも理由としてふさわしいのは、記憶の飛び、というやつだった。乃ち（すなわ）ち、「いや、これは僕特有の現象かも知れぬが、積年の大酒がたたって脳の一部が損壊しちまったのだろうね、記憶が途切れ途切れになってね、これには弱った。

日常的にも困るし、仕事面でも困る。長編なんて書けやしねぇ」など言う。というのはしかし完全な嘘ではなかった。言うほど深刻な症状ではなかったが実際に記憶が飛んで、まるで記憶のない言動や約束を家の者や知人に指摘されることが屡屡あった。

そして恐ろしかったのはそれが酩酊中でないときにも起きるということで、酔って言ったことややったことを覚えていないというのは誰にでもあることだが、酒を飲んでいないときにした約束などを忘れるのは、かなりござっているに違いない。

ということでそういう後付けの理窟にも力を得て断酒が続いて、もうすぐ一年になろうとしている。最初の頃は酒のことばかり考え、酒を飲めないことを悲しんでばかりいた。しかし、日が経つにつれ酒を飲みたいという気持ちは薄れ、酒のことを忘れている時間が次第に長くなって最近は酒のことなんてすっかり忘れている。体重が減り、記憶の飛びもほぼなくなった。けれども。ときどきなにかがすっぽり抜け落ちる。そして頭のなかに雨が降る。

その日もそうだった。天の気がちがったのだろうか、朝からまるで夏のように暑い日だった。午前中にその日一日の書き仕事を終え、午飯に鰻めしを食べ、食べているときは取り憑かれたように掻き込んでいたのが食べ終わった瞬間、急に食べたものが疎ましくなり、なんでこんな脂っこいものを食べてしまったのか、と後悔した瞬間、頭のなかに雨が降りだし、なんだか虚脱したようになってしまって為すべき用事をすべて放擲し、脱け殻のように縁側に座ってぼんやりしていた。

アルミサッシの窓硝子越しに、長いこと手入れをしない荒れた庭が広がっていた。紅葉が伸び放題に伸びていた。「俺は絶対に紅葉などせぬ」と言っているようだった。そして薄や葛が得手勝手に伸びていた。「俺は人の指図など一切受けぬ」と言っているようだった。そんななかにキョウチクトウが狂い咲いていた。

確かあれは強い毒を持っているはずであれを食べたら人でも犬でも死ぬる。そんな思いが頭のなかで雨に打たれて溶けて崩れていた。

早いうちに手入れをしないと駄目だ、と思う。そして、腐朽した水銀灯の電気の配線が剝き出しになっているが、あれが短絡して火花が飛んで燃え広がったら庭も家も燃えてしまうなあ、と思う。そんな思いも頭のなかで雨に打たれていて。

三時過ぎ、玄関の呼び鈴が鳴った。廊下を隔てた台所に居たらしい家の者が応対に出た。家の呼び鈴を鳴らすのは宅配業者に決まっていて、ならば届きものを受け取ってすぐに廊下を戻ってくるはずだが、いつまでも玄関で話し込んでなかなか戻ってこない。ようやっと戻ってきたかと思ったら、台所に入らず客間に入ってきた。振り返ると手にはなにも持っておらず、奇妙な顔をしている。なんだ、宅配便じゃないのか。と問うと、いいえ、と言う。ご近所か、と問うと、これにも、いいえ、と言い、

「敷島秀子って言ってますけど御存じですか」と固い調子で言った。

咄嗟に、「敷島。さあ、誰だろう。知らないなあ」と惚けたが、知ってる名前だった。

「じゃあ、帰っていただきますか」

「まあ、いいだろう。会ってみよう。ここに通しなさい」

とそう言ったのは玄関先で家の者にあれこれ言われると面倒、と思ったからだった。

敷島秀子。二十年前に弄んで棄てた女だった。女はそれらしいことを言われ、鍵を与えられて、私の部屋に自由に出入りしていた。私は女の身体に惑溺、夜昼となくこれを貪ってただちに飽いた。飽いて疎ましいと思うようになった。それからは女が来るかも知れない部屋に帰らず、別の女の部屋に泊まり、女の都合のつかない日は男の友人の家に泊まった。女のいない頃合を見計い部屋に戻ると、綺麗に片付いた部屋

に花が飾ってあるなどした。焜炉(こんろ)の上に見覚えのない鋳鉄製の鍋が置いてあった。暫(しばら)くそんな状態が続いて、嫌われたことを悟って女は自ら去っていった。そのとき女は手紙を残していったが読まずに捨てた。その直後、私は部屋を変わり、音信も途絶えて二十年が過ぎた。

なのに今更、なんの用があるというのだ。考えて気が滅入ったのは大方の予想が付いたからだった。おそらくは昔の交情をたてにとり、よくて、仕事を紹介しろ、悪くすると、もはや端的に金の無心、といったところだろうがいずれにしても困る。

なぜなら二十年前の交情をたてにとらなければならないということは余程、困窮して、生活もすさみ、性格も可憐だった当時と比べて随分と悪くなっている、と思われるからで、そんな女を誰かに紹介するなど、揉め事の種をまいて歩くようなものだし、かといって、じゃあ金を与えて関係を清算できるかというと、一度、金を与えれば、それはこちらに金を払う理由があると認めたようなもので、いくらいくらと確定して書面でも取り交わさない以上、女は何度でもやってきて金を要求するに違いなく、それはそれで鬱陶(うっとう)しいし、金も惜しい。

けれどもなにより気が滅入ったのは、かつて美しかった女の、年老いて変わり果てた、醜く惨めな姿を見ることだった。細くしなやかだった腰や腕にはたっぷりと肉が付き、額には皺が刻まれている。顔は脂ぎり、キラキラ輝いていた瞳は濁り淀んでいる。手入れの悪い乱れた髪。たるんだ頬。そしてそれらを二十年前の印象に可能な限り近づけようとした努力の痕跡が痛々しく惨めだった。かつて清楚な印象を与えた身なりはいまとなってはただただ貧しさを証し立てるだけ。洗濯の必要性も感じられた。その間違いなくかつて私が愛したものは、その変わり果てた姿によって私の過去を汚し、現在を腐らすのだ。死をもたらすのだ。気が滅入る。酒を飲みたい。

そんな気分でいた私は家の者に案内されて客間に入ってきた女を見て、自分の認識を疑った。敷島秀子が相変わらず美しかったからだ。美しいまま入ってきたからだ。しかし、おかしいのは入ってきた女がどう見ても三十代にしか見えないということで、女が敷島秀子ならこんな若いはずがない。

敷島秀子は歳をとらなかったのか。馬鹿な。ということは。同姓同名の別人か。というのはもちろんその通りで、女の差し出した名刺を見て同姓同名の別人だということがいっそう明らかになり、それで少しは気が楽になったのだが、それでも疑念は残った。

なぜこんなに似ているのか。もしかしたら親子か。母親のことを知りたくて訪ねてきたのか。そしてこんなことを考えると気が滅入るが、もしかしたら父親は私か。それにしては歳をとりすぎているようにも思う。そう思って改めて女を見た。

見れば見るほど美しかった。そして面差しが敷島秀子に似ていた。けれどもこの敷島秀子の隣に私が知っていた敷島秀子が座ったら遥かに見劣りがするに違いない、とも思った。なぜというに、肉感的ではあったが、野暮ったかった敷島秀子に比べて、この敷島秀子は極度に洗練されているように思えたからだ。

女は黒衣を纏(まと)っていたが、このような黒衣を纏って上品かつ優美に見えるのは余程のセンスを持っているからに違いないと、服飾に疎い身でありながら思った。と同時になまめかしい雰囲気もあったが、昔の敷島秀子のように直接的なものではなく、むしろ、どんなに隠しても内面から滲み出てしまう知性・品性と同居するがゆえによりいっそう蠱惑(こわく)的、という類のなまめかしさだった。

それにしたってこんな美人がいったいなんの用があってきたのか。考えられるのはなにかの勧誘かセールスだが、女の名刺にはただ名前と住所が記してあるばかりで、そうでもないらしい。

暫く話してようやっと様子がおかしいことに気がついた。なにしろ話が嚙み合わない。女は頻りに、あのときの、とか、こないだの話では、と言い、既になにかのやり取り、または約束がある／あった、ということを前提に話を進めるのだが、当方にまったく覚えがない。にもかかわらず、あのときああ仰ったのはこういう意味ですよねぇ、と勝手な解釈で話を進め、そんなことは言っていない、知らない、と言うと、「でもあの日の日記に書いてあったじゃないですか」など言う。日記というのは私がウェブサイトに掲出している日録のことで誰でも閲覧できるものである。

　こういう人は珍しくなかった。公表したものをすべて自身に宛てたものと信じ込み、自分と結びつけて曲解して、意味のわからない手紙を送ってきて、返事をしないと、その不実を詰る手紙をまた送ってくる。或いは、どこそこで待っている、と連絡してくる。

　こうした手紙やeメールは無視していると数ヵ月で終熄した。半年か一年、或いは、もっと経ってから思い出したように連絡が来ることもあったがそれもやがて途絶えた。直接、訪ねてくる者は不思議となかった。だから初めてのパターンだった。実はなかには逢って情交に及んだ者も何人かあったのだが、こんな美人はひとりもいなかった。

　それにしてもおかしいことには違いがなく、問答が果てしなく続きそうだし、そう思って見ると凄いような美人の顔も少々気味が悪くなってきたので、「ちょっと、失礼」と断って立ち上がり、廊下に出て台所に入った。

「ちょっと来てくれないか」

と声を掛けて驚いたのは家の者がよそ行きの着物に着替えていたからである。

「どうしたんだ、その恰好は」

「嫌だ。お忘れですか。今日は頭取と会うと言ったじゃありませんか」

そんな話を聞いた覚えがなかった。頭取と言えば銀行の人だろうが、なぜ家の者が銀行の偉い人と会うのか。訳がわからなかった。

「兎に角、それはよいが、ちょっと応接してくれないか。追い返してほしいんだよ」

「あら。知ってる人じゃなかったんですか」

「知らないと言っただろう。ぜんぜん知らん人だよ」

「じゃあ、なぜお上げになったの」

「知ってる人と勘違いしたんだ。名前が似てたんでね。でも会ったらぜんぜん違った。僕の知ってる人はもっと年輩の人だ。それに」

「それにどうなさったの」

「少々、ござってるようなんだよ」

「まあ」

「頼むよ。君は僕より人あしらいがずっと上手だ。だから頭取にも会うんだろ。僕なんか、頭取と会ったら死ぬよ。その場で死ぬよ。死ぬか気がちがうか、どっちかだ。ところが君はそういう人とも話ができる。だから、ああいう人とも話せるだろ。頼む、うまいこと言って追い返してくれ」

「駄目よ。無理だわ」

「どうして無理なんだ。自分でまいた種だとでも言いたいのか。でも僕は知らない。本当に知らない人なんだ」

「知らなくたって無理。私、もう出掛けなくちゃ。今日はどんなことがあっても遅刻できませんの。だってこの融資の結果によって私の事業の未来が決まるのですもの」

融資。事業。なんのことかまったくわからなかった。「ちょっと待ってくれ、いったいなんの話だ」と言ったとき、呼び鈴が鳴った。家の者は返事をしないままインターホンのボタンを押し、はい、ご苦労様、と言うと、「じゃあ、行って参ります」とだけ言ってそそくさ出掛けていった。

仕方なく客間に戻ると女がいない。驚き惑っていると、広縁に立って庭を眺めていた。すらりとした後ろ姿を暫く見ていた。したところ、いつから気がついていたのだろう、向こうを向いたまま、「素敵なお庭ですね」と言い向き直って笑った。なんの屈託もない笑顔だった。女はいかにも女らしい歩き方で座敷に入ってくると横座りに座った。黒衣の裾がふわと広がって白い爪先が座布団からはみ出て畳の上に伸びていた。私の視線を極度に意識しているか、或いはまったく意識していないか、どちらかに違いなかったがどちらかはわからなかった。

なんでもない振りをして、「やあ、待たせたね。で、なんの話だったかな」とことさら鷹揚な口調で言った。したところ女、先ほどまでの模糊(もこ)たる口ぶりとはうって変わった、はきはきしたビジネス口調で話し始め、貰ったまま座卓の上に置き放した名刺を改めて手にとって見ると、名前の上に、編集・ライター、と書いてあった。

先程見た際にはこのような肩書きはなかったような気がする。気がするが自信がない。自分が見落としたのか。或いは、台所にいっている間に名刺をすり替えたか。でもなんのために。と、そこのところは判然としないが言っていることはよくわかった。

要するに、仕事の打ち合わせで、どうやら私はこの人から仕事を依頼され、これを引き受け、そして直ちに忘れたらしい。そういうことで嘘をついても履歴を調べればわかることだから、嘘ではないだろう。そこで改めて話を聞くうちに、もしかしたらやはりこの女は、はきはき喋(しゃべ)ってはいるが一定程度ござっており、ありもしないことを言っているのではないか、という気がしてきた。というのは女の話すその仕事内容が普段、けっして受けるはずのない仕事だったからである。つまり受けた覚えも断った覚えもないのだが、どんなときに誰から頼まれても絶対に断るような内容の仕事だったのである。

どんなかというと、まず泊まりがけの仕事だった。どことも知れぬ遠いところに行って、よく知らない相手、というのは私も相手を知らないが、向こうも私を知らない相手、複数名と対談をする。その土地の料理を食べ、名勝地を巡る。そしてそれを後日文章にまとめ、ウェブ媒体に発表する。スポンサー企業があり、交通費と宿泊費と食費が出るが、規定を上回る場合は自弁、原稿料については別途ご相談、ということだった。いろいろの気になる点があったが、いずれにしろ泊まりがけの仕事という点で、旅行が嫌で嫌で仕方ない私には無理な仕事で、覚えていないが、それだけで機械的に断っているはずである。

ところが相手は私が受けた前提で喋っている。気が変だというのはここで、目を見て明確な発音で否と言ったのにもかかわらず諾と受け取ってしまう、そんな人なのである。

以前、やはりそういう女と関わり合いになって、駅前の寿司屋で、娘が妖怪に攫われた、という話を二時間にわたってされた挙げ句、支払いを持たされ、その後もかなり非道いことになったことがあって、この場合もそうなのだろう。或いは。

依頼状を読み、後で断ろうと思って、それぎり忘れてしまった。という可能性もないではない。それにしたって、返事がないものを引き受けたと解釈し、突然、約束もないまま家まで来て、いきなり細かい内容の話を始めるのはどう考えてもおかしい。

だからこの場で断ろうと思う。思うけれどもなぜかなかなか断れない。

なぜ私は断れないのだろうか。ひとつには、当然、受けたということを前提に、のめりこんで話している思い込みの激しそうな女性に、突然（本当は突然ではないのだが）に、やはりできません、と言ったらどうなるだろうか。よほど衝撃を受けるのではないだろうか。そしてそうなると、かなり面倒くさいことになるのではないか。あの寿司屋のときのように、と思うからで、そうならないよう、そもそも自分は受けていない、ということをやんわりと伝えるにはどのような言い回しが適しているだろうか、と考えるからであるが、ただもうひとつの事情が私の側に生じていた。というのは、経緯を考慮せず、いまの話だけを聞いていると聡明で気遣いができるうえに、人がぎょっとして振り返るほどの美人であるこの女をすぐに帰してしまうのは勿体ないというか、もっと話をしたいような気もしたし、その姿態を眺めていたいとも思ったし、もっと突飛な、仮にこの女が同行するのであれば、この仕事を受けるのも一興かも知れない、といったことすら考えてしまっていたのだ。私は馬鹿か。

それで訊いてみる。「その旅には同行していただけるんですか」と。そして慌てて、「僕は旅行に不慣れでね。ひとり旅がどうしてもできない。誰か一緒に行ってくれる人がないと旅行ができないんだ」と付け加えた。したところ。

「もちろん、私がご一緒させていただきます」と言う。その口調ははきとして暗い陰は微塵もなく眼も知的に輝いているが、なぜか身体から纏綿とした風情が漂う。横座りに座った脚がさっきよりも伸びているような気もする。そしてそんな、相手の心をかき乱すような姿勢を、意識しているのか、そうでないのかが相変わらずわからない。

「なるほど。そうですか。じゃあ、どうしようかな」

と言ってみる。自分でもどうしたいのかがわからないが、七分くらいはこの女と一緒に旅行したい気持ちになっている。つまり旅行は嫌だがこの女とは一緒にいたいということだ。この女と一緒にいる状況がたまたま旅行であった、ということだ。けれどもそれには必ず仕事というものが付いてまわる。この女と一緒にいることを選んだ以上、仕事をしなければならない。私は数ヵ月間、仕事をしていなかった。仕事ができなかった。無理にもしようとしたことがあるが中途で仕事の意味がわからなくなって続けられなかった。

したがってこの仕事もできないに違いなかった。それを考えるとやはりはかばかしい返事ができず、「ううむ。やはり難しいなあ。行きたいんですけどね。とても行きたいんですが」などゴヤゴヤ言っていると、女は、具体的なアイデアが出ないために苦しんでいる、と曲解し、「だったらこういうのはいかがでしょうか」と様々な提案を矢継ぎ早に出してくる。それに関してついうっかり私が意見を述べたり、なかにはおもしろそうな提案もあったので、「それはいいね」など言ってしまううちに、仕事を受けたのは既成事実みたいなことになり、話はますます進んでいった。

私はこのことについて、しょうがないなあ、という気持ちになっていた。仮に行ったとしてもそれは自分で決めたことではなく、なんとなく、知らないうちに、自然とそうなってしまった、といった感じで自分に責任がないまま、美女と旅行を楽しめる、みたいな気持ちになっていた。仕事についても女に手伝って貰えばなんとかなるような気がしており、そして、女の先程からの素振りは意識してのことではないか、と思うようにもなっていた。

しかし、いくら有能であったとしても女の気が変であることには違いがなく、こうした女と関係を持ってしまった際、後々、うんざりするような問題が生じることは経験済みである。それを考えれば、やはり、断ってしまうのがよいようにも思える。

例えばすぐに考えられる話として家の者になんと説明すればよいだろうか。

私は既に家の者に、訪ねてきた女は気がおかしい、と言ってしまっているが、その女が持ち込んだ泊まりがけの仕事を受けた、と知ったら家の者はどう思うだろうか。そして家の者は女が美人であることを知っている。私が泊まりがけの仕事をけっして受けないことも知っている。考え合わせれば私が情欲の目をもって女を見、邪（よこしま）な気持ちを抱いて仕事を受けたということをすぐに見破るだろう。

さあ、そうした場合、家の者はどういう態度に出るだろうか。あの家の者の性格を考え合わせれば……。

と思案して、ちょっと驚いた。そういう際、家の者がどんな反応を示すか、まったく見当が付かず、これまでどうだったかを思い出そうとしてなにも思い出せなかったからである。そもそも家の者はどんな性格の女だっただろうか。割とものにこだわる方だったか。或いは、恬淡(てんたん)としていたか。勝気な女だったか。それとも気弱な性格だったか。まるでわからない。形の曖昧な色彩が頭に浮かびはするが、それが明確な像を結ばない。それも忘れてしまったのか。そんな馬鹿な。

自分のことながら呆れ果て、ぼんやりしてしまっていると女が、「あの」と言った。

「ああ、すまないね。どうも、ぼんやりしちまって」

言い訳のように言うと女は、「いえ、そうじゃなくて」と言い、それから、

「先生、お時間の方、大丈夫ですか」

と言った。

「ああ、そうね。いま何時頃なのだろうか」

そう言って大きな時計を見ると五時を回っていた。ということは二時間以上、話をしていたことになるが、そんなに長く話していたとはどうしても思えない。

「ああ、僕は今日は時間は大丈夫だ」

時間を気遣う感じが、いかにも知的で聡明な女性という感じで、どう見ても気がおかしいとは思えない女にそう言うと、「だったら少し出ませんか」と言う。もしよかったら軽く飲みながら話そうというのだ。

もちろんとんでもない話だ。ただでさえ気がおかしい女、このうえ酒が入ったらどうなるのか。とんでもなく面倒くさい事態になるに決まっている。だからそれは断るべきだ。それに飲みに行くといって、このあたり夕食前に軽く飲めるようなところがあるだろうか。いや、ない。ああ、いや、一軒だけあった。あの店はなんという名前だったか。どこにあったのか。思い出せない。昨日も前を通ったはずだが、まったく拭い去ったように、その店構えすら思い出せない。

「ああ、それはいいんだがね、生憎とこのあたりには、この時間に軽く飲めるような店はないんだ。なにしろ田舎だからね」

と、そう言うと女は少し首を傾げてなにか考える体であったが、暫くして、

「だったらこうしませんか。私、実は昨日からMTホテルに泊まってるんです。確か一階のバーがもう開いてるはずですから、あそこへ行きませんか」

と言った。

「昨日から来ているのか」芯から驚いて言う私に女が言った。

「ええ、尊敬する先生が住んでいるところをよく知りたくって、それで休みを取って昨日から泊まってるんです」

「じゃあ、今日、帰るんだね」

「いえ、今日も泊まって明日帰るんです」

「そうか。そうなのか」

そう言って私は女の顔を見た。女は目を逸らさない。


車の中では家の者になんと説明しようかと考えていた。なぜトラブルになるとわかっていて気がおかしい女と飲みに行ったのか。唯一の合理的な説明は、女が美しかったから、であるが、正直にそう言ったらどうなるだろうか。それは相手の性格による。その点、家の者はどんな性格だったか。改めて考えたがやはりわからなかった。家の者はそもそも没個性であまり感情を表に表さない性質だったのか。考えてみればそういうことを考えてみたことがなく、家の者はいつも空気のように自然に側にいた。そこでこれまでのいろんな場面・局面で、家の者がどんな行動に出てどんな態度を取ったかを思い出そうとしたが、いざ思い出そうとすると、具体的な場面がまったく浮かんでこない。忘れてしまっているのだ。

なんたることだ。俺の脳は一体どうなってしまったのか。けれども、だったら、これから先、どんな馬鹿なことをしても、自分のせいではない、脳が悪いからだ、と脳のせいにすることもできるな、と私は狡猾（こうかつ）に考えていた。

しかしそんなことをすれば待っているのは破滅だ。破滅的な結末だ。結末さえ間違わなければ大体のことは受け入れられる。だから私は家の者が帰ってくる前に帰ろう。はっきり言えば、一杯か二杯飲んで、いや、自分はいま禁酒中だからジンジャーエールかなにかを飲んで、断ればその場で断り、難しそうであれば、詳しい話はまた後日に、みたいなことにしてさっさと帰る。そういうことにしよう。そのことをなぜ家を出る前にできなかったのか。ってそんなことをいま考えても仕方がない。とにかくそういうことにしよう。

と、決まりをつけたが、しかし家の者は何時に帰ってくるのだろうか。それを聞き漏らした。というか頭取に会うとか言っていたが、銀行はもう疾うに閉まっている。ということは外で食事でもするのか。ならばもっと遅いはずだが、頭取とそんなに、というのは銀行の外で食事をするほど親密な関係にいつなったのか。というか、そもそもなんで頭取と会う必要があるのだ。なにかをするとか言っていたが、なにをすると言っていたのか。頭取と会う以上、金を借りるのだろうが。しかし、考えてみれば頭取が必ずしも銀行の人間とは限らない。例えば芝居小屋のマネージャーの様な人のことを確か頭取と言ったのではないか。忘れた。家の者は銀行に行くと言っていただろうか。とにかく電話をかけて確認してみよう、とバッグを探ったが電話を持ってくるのを忘れていた。

やれやれ。苦笑して外を眺めると、いつの間にか知らない店がたくさんオープンしていて、というか、知っている店が殆ど（ほとん）なく、まるで見知らぬ町を走っているようだった。

MTホテルは町外れの埋め立て地に新規開店したホテルだった。

バブル崩壊にともなってすべての目論見が外れ、その後、どうしようもなくなって雑草がはびこるままに放置され、漂泊者と悪霊の吹きだまりのようになったその荒れ地にホテル建築計画があるという話をかなり前に聞いたが、完成して開業したという話は聞いた記憶がなかった。おそらく忘れてしまったのだろう。

しかしそれにしてもあのどうしようもなかった荒れ野にこんなホテルが建っていることが、女の後に続いて一階のバーに入ってもなお夢のように感じられ、地に足が着かない心地がした。

昨日も来たのだろうか、女が入って行くと制服を着た男たちがみな親しげな笑みを浮かべつつ無言で頭を下げ、女もこれに笑みを返した。働く人たちの笑みは当然、私にも向けられているはずでこれを無視するのは非礼に当たる、と思ったので笑みを返すと、途端に彼らは表情を失し、私の笑みは行き場を失して宙に浮いた。それがわかってからは私はどんなに相手が笑っても無表情で通した。そして内心で思っていた。後で女に言うぞ、と。

奥まった居心地のよい席に案内された。平日の、まだ早い時間であるのにもかかわらず、私たちの他にも大勢の客がいた。それらすべてが金のかかった身なりの男と金と時間のかかった身なりの若い女で、いずれもこのあたりの人ではなく都会から来た人に見えた。

キョロキョロしていると女が、「大丈夫ですか」と言った。

キョロキョロして落ち着かぬのはこうした高級な店に慣れていないからだと思われたのか。いやそうではない、と言おうとして、考えてみればこの十年くらい、こうしたバーに入ったことがなかったな、と思いだし、ならば女の心配するとおりということになるが、そう思われるのが情けなかったので、

「ああ、大丈夫だ。すまないね。どこに行っても、つい周囲を観察しちまうんだ。いっちまや、一種の職業病だね。なかなか、いい店じゃないか」

と言って誤魔化すと女は意外にも、

「よかった。お気に召していただけて」

と言い、どうやら女が私が思ったのとは逆の心配をしていたということがわかった。女はウイスキーをそう言い、私はノンアルコールの麦酒をそう言った。

酔うほどに女は纏綿とした。しかもそれが演技くさい。かといって酔っていないかというとそうしたことはなく、そんな白々しいことができるのは酔っているからかも知れなかった。それとも最初からこんな感じだったのか。忘れた。確か気がおかしかったはずなのだが、気がおかしい人は酒を飲むと正気に戻る、と誰かが言っていなかっただろうか。映画で見たのか。忘れてしまった。そもそも女の気がおかしいというのは私の思い過ごしなのかも知れない。私は返事をして返事をしたことを忘れてしまったのではないか。或いは。

もっと恐ろしいことも考えられる。私とこの女は既に男女の関係にある。ところが私がそれを忘れてしまっている。って、そんなことが普通、あるだろうか。けれども、この纏綿とした感じは、どう考えても普通ではない。そもそも部屋を取っていること自体がおかしいと考えられる。私は女を知っているのだろうか。

そう思って私は改めて女の身体を見た。女は顔を背けたが身体は動かさなかった。しかし黒衣に包まれたその身体に触れた記憶はさらにない。暫くして女が席を立った。私はボンヤリと考え事をしながらその後ろ影を見送っていた。

　そして気がつくと、掌が冷たかった。驚いて手元を見ると、いつの間に頼んだのだろう、私はウイスキーと氷が入ったグラスを持っていた。氷が少し溶けている。私はウイスキーを飲んでしまったのだろうか。だとすれば、私はあの終わりのない濁酒地獄にいまから逆戻るということになるのだが。女はまだ戻ってこない。

　グラスを凝と見つめるうちにまたいけなくなってきて、周囲の景色が揺れて溶け始め、自分がどこにいるのかわからなくなる。いけない、こんなことではいけない。自分を取り戻さなければならない。たとえ一口、飲んでしまっていたとしても。たとえ女と関係を持ってしまっていたとしても、そこから現実に、日常に立ち戻ることは十分に可能だ。自棄になってはいけない。そう思ってグラスを置き、掌を見つめ、それからバーのフロアーを見渡した。どれほどの時間が経ったのだろうか、あれほどいた客がぜんぜんいなくなっていた。女はまだ戻っていない。その影を探して入り口の方を見るが、そこにもいない。部屋に戻ってしまったのだろうか。

　水の音で目が覚めた。どうやらソファーで眠ってしまっていたようだ。「私、狭いところにいると気が変になるの、だから開けたままにするけど、ごめんね」と女が言っていたのを思い出した。

　バーを出て女と一緒に部屋に入った記憶がなかった。ただ、女の部屋にいるのは間違いがない。それでまず気になったのは酒を飲んでしまったかどうかと言うことだったが、確かに身体はぐらぐらしているし、頭の奥底に燠火(おきび)が燃えているような感じもあって、飲んだような気もするが、同時に悪寒と震えもあり、風邪の症状のような気もした。目の前のテーブルの上に半分くらい飲み物が入ったグラスと空のグラス、フルーツを盛った盆と皿、果物ナイフ、白い皿と白い布がある。

　シャワーの音がなかなかやまない。することがないまま花柄の壁紙を見つめる。そしてまた、家具調度を眺める。最新のホテルであるのにもかかわらず野暮というか無粋というか、いずれ伝統的な内装を目指しているのだろうが、それにしても垢抜けないこと夥(おびただ)しい、というか端的に言って古くさい。或いは流行が何回転かしていまはこれが先端なのか、それにしても。

　という考えに弾みをつけるというか、ますます古くさい感じを醸成するのが、女が先程から歌い出した歌で、題名も歌っていた歌手の名前も思い出せないが二十五年以上前に流行した歌だ。しかも世代を超えて歌い継がれる名曲といった類の曲ではなく、そこそこ流行って一年後には誰ひとり覚えていない、といった曲だ。若いのになぜそんな歌を知っているのか。やはり気がおかしいからか。気がおかしい美人ほど世の中を混乱させるものはない。

だから帰るのか、というと帰らない。この状況で帰るのはいろんな意味で困難だ。女にも恥をかかせることになるし、自分の気持ちも収まりが付かない。もちろんこのことは厄介な問題となるだろう。しかしそれがなんだというのだ。自分はなにもかもを忘れるという奇病にかかっている。問題が起きたらそれをよいことにして忘れた振り、なにも覚えていない振りをすればよいだけの話だ。というか私は実際に忘れてしまうだろう。

それが証拠にこの部屋に入ってきた、その前後の状況も忘れてしまっている。そしてさっきまでいたはずの酒場様のところがなんだったのか、生牡蠣のようなものを食べたような感覚が胃のあたりにあるのだけれども具体的にはなにも覚えていない。酒を飲めば思い出すのだろうか。グラスに手を伸ばし、これを飲んでみる。うまい。気持ちが温かくなる。なにか決定的なことをしてしまった気がするがそれがなになのかがわからない。

そして考えてみる。例えば、そう。私は結婚していたはずだ。結婚しているのにもかかわらず女の部屋にいる。私は誰と結婚していたのか。考えて愕然とした。私は家の者の名前を忘れていた。そして住所を忘れていた。自分には確か家があったはずだが、その家がどんな家だったかを忘れていた。はあああああ？　そんなこと忘れるか、普通。

呆れ果てて、こんなことだと自分の仕事がなんだったかも忘れているのではないか、と思って考えたら本当に忘れていて。

じゃあ、俺はいったいなにだったら覚えているのだ、と考えるに、父母のことは覚えていた。子供の頃住んでいた家のことも覚えている。就職したとき、親身に指導してくれた上司の髪型とか顔つきも覚えていたし、その頃、住んでいたアパートの間取り、使っていた茶碗の色や形、家の近所の、畑と工場と人家がどんよりとして陰鬱な風景なども覚えていた。そしてその後、何度かの転宅を経て住んだ家のことも覚えていた。あれ。あのあたりの頃は覚えている。それもかなりはっきりと覚えていて、嫌で嫌でたまらなかった同僚が居酒屋でラビオリを注文するときの口調や、一夜に限って関係を持った女が私方の狭くて暗い玄関に脱いだスエードの靴のこと。私の友人に伴われて家に夫とともに遊びに来て、その後、思い詰めたような声で電話をかけてきた女性のくぐもった声も鮮やかに覚えていて。

という風に考えてみるとある時期までのことははっきりしている。ところがある時期から後がぼんやりしている。そしてその境目がいつだかわからない。ただいまのことはわかる。いま、女はシャワーを使っている。私は女が出てくるのを待っている。出てきたら情交する。それはわかるが、その少し前のことがわからない。なんで私は女と一緒に部屋にいるのか。確か女が訪ねてきたような気がするのだが、なにをしにきたのか。奈良漬けの販売か。わからない。少し時間が経つと記憶が闇に消えていく。真っ暗ななかを手燭ひとつで歩いているように。

だから女の名前すらわからない。と、思って愕然とした。私は女の名前をはっきり覚えていた。女の名前は敷島秀子。間違いない。覚えているというより知っているのだ。どうして私は女の名前を知っているのか。なにも覚えていられないというのに。無明長夜を歩いているというのに。

そんな思いが募って、女はまだ出てこず、したがって情交もできず、もうどうしてよいかわからなくなった私はもっとウイスキーを飲んでやろう、ルームサービスをそう言って、と、空のグラスをテーブルの上に置いて立ち上がろうとした、ちょうどそのとき、テーブルの上のナイフがふと目にとまった。

もう少しで声をあげるところだった。

茫漠としていた、覚えているところと覚えていないところの境目の記憶が勃然と蘇ったからだった。となれば。逃げるより他ない。でもどこへ。私にはもう行くところがない。しかしここにいるよりは。

　水音はまだやまない。音を立てぬように歩き、そっとドアーを開けて廊下へ出た。はずであったが、そこは廊下ではなかった。ただ、上も下も前も後ろも右も左もない、白いものがグニャグニャしていた。踏み出した右足がグニャグニャに包まれた。死ぬほど嫌で、死ぬほど気持ち悪い感じがした。

　慌てて部屋に戻った。とにかくこのナイフを隠さないと大変なことになる。そう思ってナイフをつまみ上げて隠し場所を探して部屋のなかをうろうろしたが、適当な隠し場所がなく、慌てるうちにも、そうだと思いつき、ドアーを開けて白いグニャグニャのなかに捨てた。ナイフはグニャグニャに吸い込まれてすぐに見えなくなった。

　遣りきれない気持ちになって冷蔵庫の上の抽斗(ひきだし)にあった小瓶のウイスキーをがぶ飲んだ。それでも水音はまだやまない。

　いったいいつまでシャワーを浴びているのか。鼻歌はやんでいる。ということは。もしかしたら急に気分が悪くなって倒れているのか。或いは死んでしまっているのか。もしそうだとしたら私は生き残ることができた。けれどもそれでどうなるというのだ。いま死ななければ生きなかった二十五年、なかった二十五年の記憶がよみがえるのか。

ああ。酒をやめなければ。酒をやめさえしなければ死後の生を生きていられたのに。

そんな後悔が頭を駆けめぐる。シャワーの音がやむ。

狭虫と芳信

森のなかにいるような感じに設えたラウンジに宿場女郎のような女や博労のような男が喫茶や談話をしていた。多くは目を見開いていたが中には薄目を開いて首をガクガク振りながら葡萄酒を飲んでいる者もあった。だから広原狭虫が、相変わらず粋なファッションに身を包んでやって来るなり「なんだいこの下劣な喫茶は。クズの集まりじゃないか。味は少しはよいようだが」って言ってやったら、狭虫はひととき、まるで電気に撃たれたみたいにビクとして右に左に怯えたような視線を走らせ、「馬鹿な。ここはメチャお洒落な店なんぜ。周りを見てみろ、あそこにおるのは辺田ぼり奈じゃ」なんてくだらないことを口走って僕の前の席に座った。

まったくもって人に相談があるといって呼び出しておいて、こないだ、不貞を働いて話題を振りまいた芸能人の名前を口走るなんて、相変わらずのうろたえ者だ。うろたえ選手権保持者だ。

「だったとしてもそれがなんだというのだ。僕は相談があるというからはるばる一時間半も掛けてこんなところまでやってきたんだぜ。さっさと用件を言ったらどうだ、伊達男」

「そりゃありがたいのだがね。君はなんだってあんな不便なところに住んでいるのかね。都心に住めばよいじゃないか。便利だぜ」

「余計なお世話というものだ。僕は好きで田舎に住んでいるんだ」

と、僕は言わなかった。なぜならそれが嘘だったからだ。僕が田舎に住んでいるのはカネがないからだ。おまえと違ってな。僕は狭虫にそう言ってやりたかった。

そんな僕のことなどどうでもよいのだろうか、狭虫は、時間を取らせても悪いから、とかなんとか言っていきなり本題に入った。狭虫は、「相談というのは、大願王芳信のことなんだよ」と同業者の名を挙げた。

「ああ、あの大願王か。それがどうかしたのか。殺したいのか」

「違いまさあな。俺は人殺しなぞせぬよ。そうじゃあなく、俺はこの一年ほど、大願王と仲良くしていてな」

「ああ、そうかいな」

「意外そうだな」

「まあな。大願王芳信ってあんまりおまえと仲良くなるような感じでもないからさ」

「実はそうなんだよ。なんだか向こうから急接近してきてね。最近では家にまで遊びに来るようになっちまったのさ」

「家にまで来るのか」

と僕は目を剝いた。僕らの仲間で自宅に人を招く奴は一人も、そう、ただの一人もおらなかった。

「どれくらいの頻度で来るんだよ。まさか毎月じゃないでしょうね」

「いやさ、毎週さ」

「毎週！」

僕は再び目を剝いた。そして周囲を見渡した。このなかのどれくらいの人が毎週、人の家に遊びに行っているだろうか。

「毎週、来てなにをするんだよ」

「いーぇーな、なにする訳でもない、世間話・雑談をするばかりなのさ。四時間ばかり話して帰っていく。時にはそこらで晩飯を食うこともある」

「驚いたな。奥さんはたまったものじゃないだろう」

「なんで」

「なんでってそうだろう、大願王と雖も客は客、茶菓くらいは出さにゃならんだろうし、掃除もせにゃならぬ。愛想を言って気疲れもする。たまったもんじゃねぇだろう」

「まあ、そこそこのことはする。時間によっては酒肴出すこともあるからな」

「酒肴たあ、豪儀だな。いったいなにを出すのだ」

「なアに。所詮は家庭婦人の家庭料理さ。大したものじゃないわな。蛸のブツ切りとかハモの湯引き的な」

「なんだ、そりゃあ。僕にも食わせろよ」

「ああ、おまえも来てくれたらお出しするよ。っていうか、ジュニー、今日、時間ある?」

「あるけど」

「じゃあ、来て欲しいんだよ。今日、大願王が来るので」

「はあ? どういうことだ」

「実はな、頼みと言うのはそこなのだがな、どうも大願王には盗癖があるらしくてね。あいつが来て帰ると必ずものがなくなってるんだよ」

「穏やかじゃねぇな」

「そうなんだよ。でも確実な証拠はない。でもうちには妻と俺しか居らぬからあいつ以外に考えられないんだ」

と、広原が言うにいたって僕は相談の内容がわかった。要するに広原は大願王を監視して欲しいのだ。監視して大願王が確かに盗みを働いたと証言して欲しいのだ。友達甲斐にそれくらいのことはしてやってもよい。しかし、そこから先の面倒には巻込まれたくない。そこで僕は用心深く、「つまり動かぬ証拠を摑んで、そのうえで大願王を諭して欲しいてんだろ？　それはどうかな。僕は仲間内でも不器用な方だから」と煙幕を張った。そうしたところ広原は、「そうじゃないんだよ」と言い、「じゃあどういうことだ」と訊く僕に言った。

「大願王がもっと盗みを働くように仕向けて欲しいんだよ」

訳がわからなかった。物が盗まれるから盗まれないようにしてくれ、というのならわかるが、盗まれるようにしてくれ、というのはいったいどういうことだろうか。訝る僕に広原は以下のような話をした。

ジュニー。おまえは神秘を信じるか。俺は信じない方だった。でもいまは神秘を信じている。っていうのが、いま言った大願王のことでね。僕は大願王が来るようになってからこっち神秘が確かに存するということを信じるようになったのさ。

って話をするためには先ず不愉快な話、ってのは大願王の盗癖の話をせにゃならぬ訳だが、これは本当に不愉快だった。

最初は先考が遺してくれた金張りの時計がなくなった。床脇の、先考の遺影の根際に飾っておいたのだが、ふと見るとない。そこで家の者が掃除をする際に移動してそのまま忘れたのだろう、と思い、問い糺すと、知らない、と云う。おのれ白々しいことを、と逆上して怒鳴ると向こうはもっと怒鳴り、飛膝蹴りなどしたうえで倒れたところを蹴りつけてくる。このままでは死ぬと思うから一瞬の隙を突いて足を取り関節を極めたらギブギブと喚いて畳をバンバン叩くから力を緩めたら、その隙を突いて体を入れ替えて馬乗りになって顔面に拳の雨を降らせやがるなどしてね、えらい騒ぎさ。

その日はまあそんなことで血まみれになって終わったのだが、その後も扇子、毎日香、チューニングメーター、秤と注射器、手錠、十手、天狗の置物、カッターナイフ、ボールペン、切手、おこめ券なんてものが頻々となくなって、それが決まって大願王が来たその日なのよ。

それでようやっとその相関に気がついたのだが、正直、信じたくなかった。だってそうじゃない、いくらナニでも真逆、同業の者がぬすっとうとは思いたくないからね。けれどもどう考えても大願王の仕業としか思えない、そこで十分に気をつけ、警戒する。盗む間がないようにするわけだね。用があって立つ際なども、必ず誰かいるようにするなどしてね。ところが奴が帰った後、調べてみると物がなくなっている。それも客間から離れた二階の寝室に置いてあった牛皮のポーチなどが失くなっているのだ。

え？ なに？ つまりそれが神秘ってことか、ってか。いやさ、違うんだよ。神秘っていうのはここから先の話でね。

そうやって物を盗んでいくっていうのは忌々(いまいま)しい話じゃないか。だから俺もときに鼻血を出すなどして昂奮してね、いずれ確たる証拠を摑んだうえは、地獄車くらいでは済まさぬから、そのときに思い知れ、と内心に瞋恚(しんい)の炎(ほむら)を燃やしたさ。ところが。

なかなか証拠をつかめないうちに、また別の相関があることに気がついたのさ。ほお、そりゃまたなんだい、って興味深そうだな。実はここからが掛け値なしの神秘でね。

大願王が来るだろ、そいで物が無くなるだろ、そうすっとその後、必ず決まって仕事、それもけっこう利益率の高い、ぎゃらしい言い方をすれば「うまい」「おいしい」仕事が舞い込むだよ。

もちろん最初は偶然に過ぎないと思うたわいな。何度もそうしたことが重なって、これは間違いないな、と確信するにいたっただよ。そして暫くしておもしろいことがわかってきた。というのは、その仕事の旨みと盗まれた物の価値が比例するんだな。つまり俺にとって大事で、そして高価な例えば、レスポールカスタムが無くなったときは、単価が普段の仕事の十倍の仕事が突然、舞い込んだ。しかし、かつを風味の本だし三包が偸まれた際は、手伝いの手伝いで、謝礼は自家製辣韮漬てなもん。

舞い込むのは仕事とは限らない。大願王が昼来て夕方に帰った、その夜には、おまえも知ってるだろ、バカラム賞の受賞が決まった。訥駒寝児が強く推奨してくれたからしいが、不思議だよね、訥駒寝児はこれまでずっと俺に批判的で、あいつ、急死しねぇかな、とまで言ってたんだけどね。今度ばかりゃあバカな変わりようで、これも大願王が物を窃ったからとしか思えぬのだ。

という訳で大願王が来て物を盗るようになってこの方、俺は大変な躍進でなあ、こんなことならドシドシ盗んでくれ、と思うていたのやが、ところが豈図らんや、この三月ほど、どういう風の吹き回しか、大願王が来てもまったく物を盗まなくなったのさ。そしたら、おまえ、たちどころに仕事が来んくなっちゃって、でも最近、調子に乗って家のリフォームをしたり、クルマを買い替えたり、妻は訪問着とか誂えやがるし、貯蓄があまりなくて、というか、未来の収入を当て込んでローンを組んだりしたものだから、その返済もあってすっかり困窮しちまってね、バカな弱りようなのだ。仕方ねぇから、わざと高価な物をそこいら放りだして憚りに行くなどするのだけれども、駄目だ。百もとりゃがらねぇ。

いまはまだなんとかなっているが、このまま仕事が無ければ来月あたり俺は破産して夫婦で路頭に迷うことになる。そこでおまえに頼みたいのだ。以前からおまえは人を唆すのがうまい。なんとか大願王を唆して物を盗るように仕向けちゃあくれまいか。礼はする。礼はする。おまえの欲しい物をやる。うまくいったら仕事も回す。失礼だがおまえこの一年、沈んでんじゃん？　困窮してんじゃん？　だからさ、頼む。今日の夜、大願王が来るから、近くまで来たからちょっと寄った、みたいな体でおら家にいらっしってくれ。うん。そうか。おおきに、おおきに。うん。七時頃。うん、わかった。ちょうどいいわ。酒でも飲ませてうまくやってくれ。じゃあな。ほいだらな、ジュニー。

広原はそう言って伝票を摑んで慌ただしく席を立ったのだった。僕は席に残って、なんたる神秘だろう、と思った。そして、甲の悪が乙に富をもたらす。これを乙はいったいどのように考えればよいのだろうか、ということを考えた。

経済的に、すなわち単純に考えれば、甲の悪によって生じる乙の利益がその悪によって蒙る損失を上回れば、乙はこれを是とすべき、ということになる。

しかし実際にはそういう訳にはいかず、いくら銭が儲かるからといって、自分のものを無断で持って行かれるのは気分が悪い。

また、それ以上に気分が悪いのは、そのように悪をなす甲と、これが悪をなすことを知りつつ、利益を得るために表面上はこれを知らない振りをして関係し続けるのは悪を是認したと云うことで、悪を是認するということは自分もまた悪ということにどうしてもなってしまう点である。

それはもはや、気分が悪いというより人としてどうなのか、ということだろう。なぜならやはり人は心のなかに悪よりは善を行いたいという気持ちを持っており、できうるなら正しくしていよう、悪よりも正義の側にいよう、と思い、願うからである。

富・利益は得たい。そして正義の側にもいたい。悪は為したくない。この矛盾のなかに人は居て危うい均衡を保っている。それについてイエスという人は、「金持が神の国に入るのは駱駝が針の穴を通るより難しい」と言った。そして庶民は、というと、小さな悪を日々に為して押し合いへし合いしながらようやっと生きている。生き延びている。

しかしその均衡が崩れたら乙はその問いに答えざるを得ない。

悪を認めて利益を得るのか。悪を斥け富・地位・名声を捨てるのか。

アホみたいな問いだが、答えるのは難しい。

しかし神秘によってこの問いを問われた乙にはひとつの方法が用意されてある。それは喜捨という方法で、どうするかというと、例えば甲がカメラを盗んだ場合、心のなかで、「いや、あれは持って行かれたのではなく、自分の方から差し上げたのだ」と唱える。そうすることによって甲は悪を為したことにならなくなり、同時に乙は悪に加担したことにならなくなる。

それを喜捨とすることによって悪が消滅するという理論である。

ただこの方式には問題がひとつあった。というのは、悪が消滅した以上、悪によって齎される利益もまた消滅する可能性があるという点で、それだったら最初から悪に加担なぞせず、これを認めない方が遥かによい、ということになってしまう。

といってでも、物がなくなったという事実があるからにはやはり利益は生じるのではないか、と唱える向きもあって、つまり結果が読めない。しかしことが神秘に属する以上、人間結果が読めぬ理論なんてなんの意味もない。

の考えた理論が通用せぬのは当然の話である。

そして広原狭虫はというと、一も二もなく、悪を認めて利益を得る道を選んだ。僕はそれをどうかと思う。でも彼は選んだ。そして僕はそれを手伝うことにした。なぜだろう。自分でもよくわからない。まあ、職業的な好奇心だろう。かつまた、悪に加担すると云って自分が利得を得るわけではないから、という気楽な心もあったのかも。狭虫は欲しい物をくれる、仕事を回す、と言っていたが、まあ、別にねぇ……、というのが正直な心だった。

そんな物思いに耽った後、さてそろそろ行こうかと思って立ち上がった拍子に周囲を見渡すと辺田ぼり奈が年かさの男と並んで座っていた。また、美しい青年が着飾った年輩の婦人に寄り添い、べんちゃらを云っていた。さっきは宿場女郎や博労に見えたが、よく見ると森のようなラウンジにいる男や女はいずれも美々しく装っていた。

僕は突然、馬鹿げたことを思った。

広原はなんでもやる、と言った。ならば彼の美しい妻を謝礼としてもらえないだろうか、と思ったのだ。

〽若いポンペン、ティーシャツ。最後の笑顔で。若いポンペン、ティーシャツ。心がみずびたし。

歌いながら入っていった庭に面した八畳の日本座敷には大願王芳信が先に来て、座って麦酒を飲んでいた。

「大願王は僕を見るなり云った。やあ。てなもんやな」

大願王はそう言ってニヤリと笑った。

僕はその笑った顔を見て、名は体を現す、という言葉を思い出していた。まるで座敷一杯に顔が広がっているみたいな感じだった。こんな顔だから不思議な力を生み出すのだろうか。そうでないにしても異相であることには違いなく、御用心御用心。

そう自分を戒めながら僕は、

「僕は大願王さんを見るなり呟いた。マジですか、いらっしゃってたんですか」

と言って顔を広縁の方に向けた。

この時期、庭には多数の花がきっと咲いているのだろう。しかし外はもう真っ暗で、庭園灯も消してあったから、花が赤いのか白いのかすらわからない。

「立派な庭ですね」

「そうやな。広原はこのところえろう伸してるよってにな。大方、庭師でも呼びよったのやろ。ところで、君はたれ？」

「いやだなー、大願王さん。何度か会ってるじゃありませんか」

「そやったかいな。どこで会うたかいな」

「いろんなとこで会ってます。従二位六頓です。名刺も上げたじゃないですか」

「そうやったかいな。ままま、一献」

そう言うと大願王は盆に伏せてあったグラスを取り、僕に手渡すと麦酒を縁一杯に注いでくれた。まるでこの家の主のようだった。僕は一口飲んで問うた。

「広原はどうしたんですかねぇ。大願王さんをひとりにして。まったくトンチキな野郎だな。殴ろうかな」

「用がある言うて他行しょった。その間、俺の知り合いの男が来てお相手つかまつりますから、からかってやってください、って言うてな。なんや挟まってるみたいな歩きようで出て行きましたがな。そこへ君が入ってきたってわけだ」

「なるほど、奥さんは」

「顔見せないね。いるとは思うけど。このビールやなにかも広原君が運んできたさ。

けど、まあいいやな。あなたとは初対面のようなものだが、同業なのだから、これを機会に仲良くしてください」

「そうだな。仲良くしよう。僕のことはジュニーと呼んでくれてけっこうだ」

「ようやっと友達らしい口調で話せるな。よろしくな」

そう言って大願王は大きな顔をヌウと突きだしたので僕もヌウと突きだしてやった。

と言って恐ろしいのは、こんな風に友達とか言って、それでその友達の物を盗んでいるところだ。庭は静まりかえっている。奥さんが居るはずの廊下の向こうも静まりかえって、物音ひとつ聞こえない。

でも恐ろしいのは僕も同じだ。仲良くしようと言いながら、その相手を唆そうとしている。まったくもって油断ならない。まるで虎狼の世界だ。そう思って改めて座敷を眺めると、いたるところに罠が仕掛けられ、奸計がめぐらせてあった。

大願王の左側、書院には、ヒョイとつまみ上げてそのまま懐にねじ込めるような飾り物や扇子、袖珍本などが並べてあった。

また大願王の背後の床には、谷底の虎が苦し紛れに龍角散を舐めているのを崖の上から発達障害と思しき老年パンクロッカーが微笑んで目守っている絵の脇に読めない字でなにか書いてある掛け物が掛けてあり、その下には花を活けない、ちょっとしゃらくさめの壺が置いてあった。軸は巻けば手に持って帰れる。壺は花を活けてないとはいえ、流石に持ちにくいが手回しのよいことに、その脇に風呂敷が畳んでおいてあって、包んで持って帰れるようになっていた。

違い棚には時計やブレスレットといった、高そうな装身具、土偶や隕石のような収集品、文豪が書いたものなのだろうか、古い葉書や手書き原稿のような物が無造作に積んであった。そしてその脇にはなんということだろうか、登記識別情報在中と太い字で書いた封筒が放置されており、その上に実印と印鑑証明が置いてあった。

その隣には大量の「おこめ券」があって、その脇には区の有料ゴミ袋が重ねてあった。

右手の押入れのなかにもいろんな物が、盗みやすいように入れてあるようだったし、僕の斜め後ろには、雑多なものを容れるのにちょうどよい赤革のボストンバッグと衣類などを容れて持って帰るのにちょうどよいスーツケースが並べておいてあった。

灯りが点いていないのでみえないが、僕の背後の続き間にも絵画などが置いてあり、大仰な金庫もあるようだった。

もともと盗癖のある人間がここまで準備をしてもらってなにも盗らないで帰るわけがない。ならば僕は酒を飲んでときおり居眠りをするか、憚りに立つかすればよい、ってことで、それで褒美をもらえるなら楽な仕事だ。

たしか狭虫はギターのいいのを何本か持っていた。そのうちの一本をもらい受けて、浜辺に行って御酒を飲みながら弾き語るといったようなことを僕はやってみたい。


それから僕たちは随分と飲んだ。もちろん麦酒はすぐになくなったが、奥方も座さないので自分たちで葡萄酒や火酒を出してきて飲んだのだ。なかには随分と珍重しているような感じのもあったが、よくわからないのをよいことにポンポン開けて、ウマイー、とか言っていた。

これも窃盗と言えば窃盗だろうが、狭虫は、飲ませてうまくやれ、と言っていたから、もしかしたら盗みではないのかも知れない。

そこで、とにかくなにか盗んでくれ、と念じつつ、厠に立ったり、飲み物を取りに行ったりしてみたりするのだけれども、なかなか盗らない。

というのはやはり僕というよく知らない人間がいるから警戒しているのだろう。それだったらその警戒心をまずは解く必要があるが、そんなことはお手のものだ。僕は人の警戒心を解くのが、きわめてうまい。もっともよいのはおだてること、調子に乗せることだ。僕は大願王を調子に乗せようと思って、まずはその仕事を褒め始めた。

「いやー、僕はねぇ、今日は極度に嬉しいのだ。大願王と友達になれたのが嬉しいのだ。僕は大願王の仕事がもの凄く好きなのだ。尊敬しているのだ。だから遠くから仰ぎ見ていたし、友達になれるとは思っていなかったのだ。でもなれたのだ。だから嬉しいのだ」

「本当かい、ジュニー。本当なら俺も嬉しいが」

「本当に決まっているじゃないか。嘘なぞ言うものか。嘘だったらこの首をやるよ。君の仕事は本当に素晴らしいよ。僕は半月程前だったかな、例のあの、今世紀最大の問題作の話、いまのこの世の中に生きる虫や草花を含めたすべての命に向けて問うたような感すらある、あて、忘我っていうのかな、ある種、宗教的な、法悦、みたいな感覚に襲われて、気がついたら夜で、大阪の宗右衛門町というところで飲んだくれていた。その話を聞いたのは昼で丸の内にいたのに」

「そうだったのか、ジュニー。いや、お世辞とわかっていても嬉しいよ」

そう言うと大願王は芯から嬉しい、みたいな顔をして、「だったらこんな嬉しいことはない。実はあの仕事、オレ的には心血を注いだ仕事だったのだが、世の中の評判は概して悪かった。だから俺は傷ついて心を病んでいたんだ。でも、今夜、やっと報われた、そんな気がするよ」と言い、「飲もう。もっと飲もう」と言って私の杯に葡萄酒をドバドバ注いだ。

僕はそれからも心にもないベンチャラを言い続け、そのためかすっかり心を許し、実は自分の顔が人より少しばかり大きいことに劣等感を抱いている、と悩みを打ち明ける大願王に、「なにを言っているのだ。顔なんて大きい方がいいに決まっているだろう。小顔がいいなんて言うのはユダヤの陰謀だよ」「最近のロマンス小説には巨顔物って分野があると人から聞いたような気がする」など言って励まし、ますますの信頼を勝ち取った。

ところが盗まない。

調子よくベラベラ喋り続けて盗む気配すらない。なぜ盗まないのか。考えて、もしかしたら褒められて昂奮して盗むことを忘れているのか。だとしたら僕は少々、褒めすぎてしまったということになる。知らなかったがこの大願王という男は褒められたらすぐにのぼせ上がってしまうタイプ、相手が自分に好意を持っているとわかったら忽ち油断して、すべてをさらけ出してしまう気質の男だったのだ。だから盗むことを忘れてあんなに舞い上がっている。調子に乗って、「俺の足はけっこう臭いのだが嗅いでみないか」なんて言っている。バカがっ。顔でかすぎなんだよ。

が、しかし。気を許しているのには違いなく、ならば。

もはや遠回しに盗みやすい状況を作るなんてことをしないで直接的に教唆というか、盗むように勧めても問題がないというか、そもそも盗癖がある訳だから、「あ、じゃあ盗んじゃおうかな」となるに決まっている。

そうしたら任務完了で、そうしたら僕はさっき意味なく広縁に出たときに、ギターがずらりと並べてあるのを見たが、あのなかの一本を謝礼としてもらい受けようかな、と思う。或いは、もっと金目の物の方がよいか。或いはもう裸現金でもよいのかもしれない。しかしその金高は、盗まれた物の価値＝後日、広原が得るであろう利得に比例するだろうから、なるべく高価・高額な物、例えば家の権利書と実印などを盗ませるに如くはなく、そこに誘導すべく僕は話しかけた。でも僕も酔ってきていて。

「ところで大願王はさあ、物欲ってあるの」

いきなり尋ねると大願王はまるで鳩が豆鉄砲で銃撃されたような顔をして、「物欲？」と問い返すので重ねて言った。

「そうさ、物欲さ」

「うーん、どうかなあ、あまりない方じゃないかなあ。あんまり興味ないんだよね」

「うそー、あるよー、家とかさあ、欲しくないの」

「うー、どーかなー、家ってさあ、なんか束縛されてるみたいな感じしない？」

「確かにね。でもさあ、ほら、落ち着くっていうか、寛げる家ってほんたうに素晴らしき自宅って言うか、例えばこの家とかさあ、僕なんかいいと思うけどね、庭とかあって」

「うーん。俺はくれるって言われてもいらないなあ。俺、そういうの面倒なんだよね。都心のマンションかできればホテルで暮らしたいくらい」

「そうなんだー、人それぞれだね」

駄目やった。けれどもこれですべてが決したわけでは勿論なく、こんな風に不動産やクルマなどに欲のない人は別のものを愛好する。なにか。

美である。そして美のなかには造形美というのがある。謂わゆる美術品というのがそうで、悟りすましたように、物欲がない、など言いながらそうしたものを見ると矢も楯もたまらなくなって、無理算段、義理も人情もなにもかもを欠いてでも我が物として、あさましいことこのうえないのはシャブ中となんら変わらない。

大願王が広原邸で物を盗んだのはおそらくこうした動機によるのだろう。

そして今宵はそうした美術品が、これでもかと言うほどにあちこちに出ていて、狭虫の奴、いつのまにこんなに蒐集したのだろう、仏教美術から現代アートまで揃っている。そして機嫌良く酔っている。やりすぎたベンチャラの効能もそろそろ薄れてきた頃合いだ。僕は再び、大願王に話しかけた。

「ところで大願王、ひとつ訊いてもいいかなあ」

「いいとも、ジュニー」

「大願王はアートとか興味ねぇの」

「ぜんぜんねぇんだわ」

駄目やった。家や車ではなく、美術方面でもないとしたらじゃあ大願王はなにが欲しいのか。服飾か。向こうの座敷には衣紋掛けがあってみるからに高そうな着物や帯が引っ掛けてあるし、押入れの桐の箪笥の抽斗が少し開いていて、もっと高そうな着物が蔵ってあるようだし、ハイブランドのシャツが長押にかかっていたり、稀少な感じのデニムやスニーカーも座敷の隅に捏ねてある。

ダメ元で、「君はファッションに興味ねぇの?」と問うてみたが予想通り、「ない」の一言で斥けられた。そんならと、「グルメとかはどうなの?」と問うたら、大願王はもう返事すらしないで俯いて傍らにあった本を手に取り読んでいる。

なんだかムカ腹が立ってきた。人がこうしていろいろ話しかけているというのに返事すらしないというのは友達としてどうなのだろうか、実際の話、と思ってしまったのだ。まあ、よく考えてみればでも自分はその友達に悪いことをさせようとして話しかけているのだし、もっと言えば友達とすら思っていないのだから、腹を立てる方がおかしいのだが、酔いが回っていたのでそんなことを思ってしまう、それで、

「おい、人が話しかけているのに返事もしない法があるものか。なんとか言ったらどうだ」

と少し強い口調で言うと大願王はようやっと顔を上げ、

「あー、こりゃすまんじゃった」

と言った。

「すまんじゃったもねぇものだ」

「いや、ホント、ごめん。本があまりにもおもしろかったものだから」

「なんすか、それは」

「うん、これ」

と、大願王が手渡した本は、汚らしい古本だった。それもおっそろしく古い、明治とかそんな時代の本というか、すぐにバラバラになりそうな紙の束で、僕は汚らしくて嫌だったし、うっかりするとバラバラにしてしまいそうだったので、ろくに見ないで大願王に返却した。

「僕にはさっぱりわからない」

「ところが俺にとっちゃ宝さ。これはなあ……」

と、大願王が説明したのは、なんでも江戸時代の初め頃に活躍した有名な作者がごく初期に書いたのは書いたのだが、失われてどんな内容だったかわからなくなってしまっていた戯曲を、明治時代のコレクターが発見して私的に翻刻した、ところが後、それも失われ、しかし昭和になってからこれを翻刻したものがあるはず、と謂われているものに間違いなく、その価値は僕にはわからないが、そうしたものに目が鑑く大願王によると、とにかく貴重なもので、できれば持ち帰って読み耽りたいし、そもそも昔の書物やなんかにまったく興味がなく、近未来や燻製により関心が深い広原には宝の持ち腐れだから、できれば自分が持っていたいのだ、と。

僕は、やっと来た、と思った。風が梢を揺らす音が聞こえてきた。

「だったら君、持ち帰ったらいいじゃねぇか」

そう言うと大願王は即座に言った。

「それはあかんやろ」

「なんで」

「なんでってそうじゃん、人のものを無断で持っていくのはよくない」

なにをいまさら、そう思いながらも僕は調子を合わせて言った。

「もちろんそうだ。人のものを無断で持ち去るのはいけないことだ。だけどもだねえ、世の中には時と場合というものがあるんだよ」

「なんだ、そりゃ」

「いや、つまりね、溺れている人がいるとするだろ。そしたらどうするよ。そう、助けなきゃいけない。それでなにかないかな、と思ったら縄があった。そんなときどうするよ。いちいち持ち主の了解とるか？　とらんでしょ。勝手に使うでしょ。それと同じだよ」

「どこが同じなんだ。いま誰もおぼれてねぇじゃん」

「なーにを言ってるんだよ、君は。いいかあ？　その本はここに置いておけばゴミなんだよ。けれどもおまえが持っていれば宝なんだよ。つまりここにその本を置いておくってことはその本を見殺しにするってことなんだよ。つまりおまえがその本を持って帰るってことはその本の命を救けるってことなんだわ。わかるか。おまえにそれが訣（わか）るか？」

「だったら狭虫君が帰ってきてからそう言ってもらい受ければいいじゃん」

「バカ言ってんじゃねぇよ。バカ言ってんじゃないわ。おまえあいつの性格知らねぇの？　あれはいつだったかなあ、三月程前だったかなあ、あいつがさあ、大量のゴミ捨ててんだよ。そいでどうしたの？　つったら、いやー、俺はねぇ、不要なものが家にあって場所を取ってんのが嫌でね、定期的に要らない物をチェックして捨ててるだよ、と仰（おつしや）る。ふーん、そうなんだ、って脇で見てたらね。いい感じの将棋盤を捨ててるだよ。そいでね、気に入ったから、捨てるくらいだったら僕にくれないか、つったんだよ。そしたらなんつったと思う？」

「そりゃ捨てるんだから、いいよ、つうだろう」

「ところが豈図らんや、駄目だ、っつうんだよ」

「どういうことだ」

「欲しいと言われた途端、捨てるのが惜しくなった、っていうんだよ。そういう男なんだよ、狭虫って奴は。おまけに……」

「おまけになんだ」

「それから暫くしてやつに会ったんでね、おい、あの将棋盤どうした？　花台にでもしてんのかよ？　と問うたところ、豈図らんやあれは捨てちまった、つんだよ。なので、おいおいおいおいおい、なんだって捨てちまうんだよ。捨てるくらいだったら僕にくれたらいいじゃないか、つったらね、あー、忘れてた。てめぇ、欲しいってたな、忘れてたわ。ワリーワリー、つって鼻、広げてるんだよ。そういうGuyなんだよ。だからこの本だって、邪魔だ、つって捨てちまうに違いない。或いは價値があると知って売っちまうか。どっちかだよ」

「この本の價値がわかる人はそういないから高値は付かないだろうね。つか普通の人にとってはゴミだ」

「じゃあ、捨てちゃうよ。だから、絶対、黙って持ってった方がいいよ」

「けどなあ、そうすっと泥棒になってしまうからなあ」

そう言って大願王は本の表紙を愛おしそうにさすった。その手つきには、撫でる感じと摩る感じが等分に混ざっていた。摑み摩りつつ、って漢字で書く感じが。

根も葉もない作り話までして説得した。にもかかわらず、白々しい建前を崩さない大願王に僕はかなり苛立ってきて、もうちょっとで、「いい加減なことを言うな。僕はなにもかも知ってるんだぞ。胸に手を当ててよく考えてみろ」と怒鳴るところだった。

けれどもここは我慢、我慢。そうしないと謝礼がもらえない。僕は、酔いにより、ともすれば乱れがちな論旨を懸命に立て直しながら説得を続けた。

「君は悪を怖れている。けれどもねぇ、悪のない世の中なんてないんですよ。理想論を唱える人は自分が善であるように善でありなさい、と人に説く。すべての人が善であるべき、とこう言っているわけですね。そのうえで自分の言うことを聞かない人を悪として糾弾して滅ぼそうとする。そして、いまから悪を滅ぼしに行くからおまえも来い。と言う。それに対して、すんません、仕事でいけませんねん。と断ると、おまえは悪に味方するのかー、と言って怒り、おまえから先に滅ぼしてやる、と言って責めてくる。その時点で僕に言わせれば、もう、そいつは善ではない、ただの自説に拘泥しているだけの人ということになる。或いは俺は悪だ、ムチャクチャやってこましたる、といっても人間の精神は悪そのものになり切れるほど強靭ではなく、ときどきは人間らしく振る舞ってしまったりする。凶悪な殺人鬼の意外な一面ってやつだ。もちろん完全に狂ってしまっている奴もなかにはいるが、そいつにしたって純粋に狂っているわけではなく、そいつを狂気に至らしめたなんらかの理由を環境や器質に求められることが多い。つまり、善悪は人間が自ら意思して極められるものじゃござんせんのさ。それを口にした途端、それは贋の善になり贋の悪になる。コスプレ善になっちまうんですよ。僕に言わせりゃあ。そしてむしろ結果的には逆を為す、つまり善を為そうとして悪を為しちまうってことになる。もちろんだからといって完全に無意志の人になることはできないし、人間には善を為して人に認められることによって生存を確保したいっていう性質がありますから善を志向するなとはいいませんが、凝り固まっちゃいけません。善悪という基準だけで物事を判断したら滅びることが多いのですわ。ましてや、たかだか本一冊、それも市場価値はゼロ、君が解読してその意味が明らかになるようなシロモノなわけでしょう。だったらつまらぬ目先の善悪に拘泥しないで、懐に入れちまった方が巨視的な視点で視れば善ってことになるんじゃないでしょうかねぇ。だからなんだったらついでにその辺にある別の本とか、ほれ、そのあーたの後ろのなんか高そうな春日権現のなんちゃらも持っていったらいいんですよ、きっと」

僕はそう言って大願王の反応を窺った。そうしたところ、特に反応がない、というか、無言で、変な、おほきな顔をしてじっとこっちを見ている。あの大きな顔を見ていると、こっちの精神までおかしくなってくる。というか、もうおかしいのか。顔がさっきより一回り大きくなったような気がして、圧迫感を覚えながら、説得しなければ、謝礼がもらえないどころか、この顔圧に負けてしまう、と焦りつつ、僕は話を続けた。

「そういうおまえはどうなんだって顔でこっち見ないでくださいよ。はっきりいや、僕だってそうですよ。いや、もう言っちまいましょう。僕の本業はねぇ、泥棒ですよ。はっきり言って。いや、比喩的に言ってる訳じゃない。実際にね、盗ってんです。もちろん表向きは君や狭虫君と同業だがね、でもねぇ、僕、ちっとも儲からないんだよ、おまえらと違って。だから足りない分は泥棒で補ってるんだよ。けど僕はなにも悪を気取ってるんじゃない。僕はねぇ、生きたいんだよ。どうしても生きたいんだよ。それもただ生きたいんじゃない。楽して生きたいんだよ。そのために泥棒してます。申し訳ないけど。そして最近はもっぱらここから盗ることに決めている。なぜなら狭虫はそうしたことに無警戒で盗りやすいからね。例えば僕の後ろの座敷に金庫が置いてあるでしょう。あすこにはいつも現金が千万単位で入っているが、僕は鍵の暗証番号を知っている。なぜかというと、狭虫が、金庫のばんごう、と題したメモを冷蔵庫にマグネットで留めていたからだ。僕は已に数百万を持ち出していて、いまやあの金庫は僕の主要な収入源だ。こんなことをしている僕はおそらく悪だが、それを判断するのは僕じゃない。君でもない。広原ですらない。それに連なる人たちでもなし、世間でも社会でもない。もちろん法というものがあるが、ときに悪法と呼ばれるものが制定されることから知れるように法と善悪は実は次元の違うものだ。じゃあ誰が決めるのかというと、わからんが宇宙の外側の宇宙をさらに包摂する宇宙のようなものだろうが、そうなるともうそれは善悪という言葉では語りきれないものだ。よって我々が善悪をとやこう言うのはまったく意味がないことなんだよ。だから僕は偸んでる。まあ、おまえはどうなんだ？　と問われたらさしあたってそう答えるね。僕はね」

そう言って僕は大願王の反応を窺った。

大願王はなにも言わなかった。なにも言わないで、ただ咎め立てするような目で僕をじっとみて視線をそらさない。その目つきはなんだ。文句があるのか。てめぇこそ泥棒じゃねぇか。切れて叫びたいのを堪えて、こちらから目を逸らし、俯いて視線と沈黙に耐え、暫くして上目遣いで様子を窺うと、まだ睨(にら)んでいる。

そしてそれだけだったらよいのだけれども、大願王の顔が、もしかしてその精神と連動しているのであろうか、間違いなく一回り大きくなっていた。

っていうか、みているうちにも、大きくなっていってその顔が大きくなっていって僕はついに我慢できなくなり、立ち上がって、「てめぇ、なんだその顔は。ふざけてんのかっ」と、怒鳴った。

ところが大願王は相変わらず無反応で、どんどん顔を大きくしていって、やがて背後の床の間が見えなくなり、そのうちに頭の天辺が天井について、身体もめりこんだように見えなくなった。

「なんのつもりだ。そんなことをして恥ずかしくないのかっ。人間なら言葉を喋れ」

そう言ったが相手はもはや人間ではなく、ただの巨大な顔の固まりで、天井につかえたからか、こんだ、前に向かって、すなわち、こちらに向かって膨張し始め、身の危険を感じた僕は廊下に逃れようとしたが、膨張の速度すさまじく、そのまま顔肉に呑み込まれ、意識が途絶えた。

気がつくと朝だった。座敷には酒宴の残骸と様々な物品が散らばっていた。大願王の姿はなかった。物が盗られた様子もなかった。広縁に出ると夜なかに強い風が吹いたらしく、庭の草花が倒れ、垣が壊れて、庭が無残に荒れていた。でもそれはそれで美しいと思おうと思って僕は庭を眺めた。かすかに甲高い鳴き声のような声が聞こえてきた。やあ、猫がいる、と思って、庭下駄を突っかけて庭に出てその姿を探したが、見つけられなかった。その後、すぐに僕は広原方を辞した。

森のなかにいるような感じに設えたラウンジには着飾った美しい男女が憩っていたが、その表情はいずれもすぐれず、憔悴し、疲れ切っているように見えた。その衣服も近寄ってみれば皺(しわ)がより、ソースのシミなどがあるのかもしれなかった。

そして目の前の広原狭虫の衣服も妙だった。ひとつびとつは高いのかもしれないが、風合いが奇妙で、色柄が変妙で、取り合わせ方が珍妙で、僕は、あの伊達男がいったいどうしたことだ、と驚いた。

そのうえ随分とやつれていた。顔色が悪く、髪の毛はボサボサでベタついており、目は充血していた。

ろう。

あれから三月が経っていた。その間、いったいなにがあったのか。おそらくは僕がうまく大願王を唆すことができなかったので、狭虫はいよいよ零落してしまったのだろう。

申し訳ない思いで一杯で、狭虫の顔を直視できず、俯いていると狭虫が言った。

「どうしたんだ？　元気ないじゃないか。調子はどうなんだ、実際の話」

「まあ、なんとかやってるよ。すまなかったな。何度か連絡もらってたのに。なかなかこっちの方、こなくてさ」

と、答えながら意外だったのは見かけとは反対に狭虫の口調が明るいことで、「君こそ、どうなんだい。割に元気そうじゃないか」と、問うと、「あ、まあな。元気だよ」と言って、上着の裾を引っ張った。口調は明るいが、その仕草に僕は悲哀を感じ、ますます申し訳ない思いが募ったので、「いやあ、しかしあのときはすまなかった」と謝ると、「え、え？　なんの話？」と不思議そうに問い返した。

「なんの話もなにもあるものか。あの、大願王と僕が泊まった晩のことだよ」

「ああ、あの夜か。あの夜はありがとう。実はそのことで、なんとしてもおまえに礼を言いたくて、それで今日は来てもらったんだよ」

「あ、そうなの」

と、素っ頓狂な声を上げてしまったのはどうも話が合わぬからだが狭虫は構わず、続けた。

「いやさ、本当によかった。あの日の昼頃、家に帰って俺は一瞬、がっかりした。だってめぼしい物はなにもなくなっていないのだもの。一番、持ってって欲しかった家の権利書とか実印もそのままになってるし、これは大願王、絶対ツボだろうと思った本もなくなってなくてね。もう、死のうかな。おまえを殺して俺も死のうかな、と思ったくらいだったんだよ」

「そりゃ確かに悪いとは思うが、僕を巻き込みなさんなよ。一緒に死ぬなら、それも、よかねぇけど、せめて奥さんだろう」

「その奥さんさ。あの後、どうも態度がおかしいから問い詰めたら、豈図らんや、あの夜、以来、大願王とできあってる、つんだよ。そいで大願王と一緒になりたいから別れてくれ、とね、こう言うのさ。つまり、大願王は俺からなによりも大事なもの、すなわち、好きで好きでたまらない恋女房を盗んでいった、とこういう訳さ。ということはだよ。俺はこの後、とてつもない幸運に恵まれるということになりますでしょ。論理的に考えまして。俺はこの世に匹敵するものがないくらいに妻を愛していたからね。その妻が奪われた。これは凄いことだよ。いや、君は本当によくやってくれた。殺したいくらいだよ。誰がそこまでやれ、って言った、って問い詰めたいくらいに俺は喜んでいるんだ。だから礼はきっちりとさせてもらおうと思ってな、それで今日は来てもらったんだよ。いやー、ありがとう。俺は本当に喜んでいるんだ。まだ結果は出ていないが、それだけ大きなものが来るということと俺は思ってる。ありがとう。本当にありがとう」

狭虫はそう言って両手を差し出して僕の手を包むようにして上下に振って、涙を流した。

テーブルにゴツゴツ手が当たって痛く、僕は、いつやめてくれるのだろうか。早くやめてくれないだろうか、広原はいつまでも手を握って放さず、ちっともやめてくれない。

少年の改良

たいへんご無沙汰しております、と言って頭を下げたその女がいったい誰なのか、最初はまるでわからなかった。突然やってきてそんなことを言うのは少しばかり頭が変なのではないか、と思った。それでも帰さずに応接を続けたのはその女が頗(すこぶ)る美人であったからである。

当時私は美人と対座してとりとめのない会話を交わしてみたいものだと常々念願していた。

日が山陰に入って（午後二時頃）部屋が暗くなり、女の顔がよく見えなくなった頃になってようやっと女が誰だかわかった。

女はもう二十年以上会っていない私のいとこの子だった。確か観奈という名で三月(みつき)の頃に顔を見にいった。私は顔をはっきり見たいと思い、立って電笠に垂れ下がった紐を引っ張った。

女は相談事があると言った。嫌な予感がしたが顔が美しいので我慢して聞くと十七歳になる息子のことだと言う。女の息子は不良というわけではないが、子供の頃から性根が据わらず勉強もせで、だからといって体格に恵まれるわけでもなく、自室に閉塞して漫画本を読んだり対戦ゲームに耽るなどしていた。ところが十五歳の頃、にわかにロックミュージックに凝りだし、耳にイヤホンを嵌め二六時中これを聞くようになった。最初のうちは当今流行のものを聞いているらしかったが、そのうちに女が娘の頃に流行っていたようなものや、どこから探してくるのかもっと以前の、女が産まれる前に流行ったような旧いものを聞いて本格と称し、去年頃よりさらにそれが高じて父方の叔父より彼が所有するところの古い（といって価値のあるものではなかった）エレキギターを譲られて、日中からこれをかき鳴らすようになった。

その技倆がどれほどのものなのか、女にはさっぱり判別がつかなかったが、聞いていると頭が痛くなった。

そして先週頃より息子は、学校をよしてロックで身を立てたい、と言い、またその決意を不退転のものとするため二の腕に彫り物を入れると言った。けれども女の見るところ、息子にそんな才能があるとも思えず、女は、思いとどまるように説得してほしい、と言った。

　私は断ろうと思った。親戚の子供がそんなことで一生を棒に振るのを黙って見ているのは忍びないが、そうした年頃の男は年長者が説得的に話せば話すほどこれに反抗し、その逆のことをする。そうしてかえって逆効果になる。私はそんなことを先ず考えて断る理由とした。私は女に言った。

「そりゃあ、僕の任ではない。それに、その年頃の子供は親戚の小父さんというのは物わかりがよい、自分が自由になるのを扶(たす)けてくれるものと心得ているんだ。僕にも身覚えがあるが、そうしたことは父親が父権をもって強権的に言うのが一番いいんだ。臑齧(すねかじ)りの身の上にはそれが一番こたえる。勝手にしろ。ただしそれは経済的に自立してからのことだ！　とね。ご夫君はなんと言ってるのだね」

「夫とは去年、別れました。私はいま酒場勤めをしております」

　そう言って女は目を伏せた。池の鯉が跳ねて間抜けな水音が立った。私は言った。

「そうか。ならば仕方ないな。僕でよければ話をしてみよう。一度連れていらっしゃい。今日は此(こ)の後、どうされますか。久しぶりにお目に掛かったのだから、よかったら飯を食べませんか」

「ありがとう。でも私、勤めが」

「そうか。じゃあ、そこに僕が行ってもよいが、まあ、よしておこう」

と喋りながら方針を変えたのは、飯に誘ったとき女がその美しい顔を顰めたのを見逃さなかったからである。私は私が呼んだ車で帰っていく女を門外まで見送った。

それから暫く経って私は都心で直征（十七歳・女の息子）に会った。指定した「珈琲館」という名の喫茶店に行くと、女と息子は既に来ていた。女と息子は二メートルもある植木の鉢の向こうの、しかも壁がそこだけ窪んだところに設えた席に並んで座っており、入り口からは少しも見えなかった。

にもかかわらず私はすぐに二人を見つけた。息子のことを相談する美しい女は必ずそうした窪みに座っている、ということを私は経験的に知っていた。足早に二人のところに向かい、「やあ、待たせて悪かったね」と言って座ったら女は髪に手をやって、はっきりしない口調でなにか言った後、「私、仕事があるので失礼しますわ。どうぞ息子をよろしくお願いします」と明確な口調で言って店を出て行った。

私は酢を浴びせられたような気持ちで息子を見た。

母親似の美しい顔をした少年だった。胸のところに涅槃という意味の意匠文字が印刷してあるティーシャーツを着ていた。座っているからわからないが、背もすらりと高そうだった。私はずんぐりして背も低い。髪を金色に染めていて、そのように髪を染めた少年は概して馬鹿に見えるものだが、少年はそんな色に染めてなお利発に見えた。私は禿げ頭で黒縁眼鏡をかけて酒場女にはいつも愚鈍な親爺とみなされた。

私は少年に、「君は同年配の少女に好かれるだろう」と問うてみたかった。けれどもそんなことを問うてなにになろう。なににもならないに決まっている。だったら私はこの少年に存分に説教をしよう。ロックの厳しさを教え、ロックの道を諦めさせてやろう、と思った。

私はロックには詳しかった。もとよりいまのロックについてはなにも知らぬが、若い時分、ロックに凝ったことがあり、生演奏を聞かせる店の楽屋にも出入りしてロッカーに知り合いが多く、また嘱を受けて舞台に立ったことも何度かあった。旅公演に同行したこともあってロッカーの生態、思考パターンを熟知していた。そしてその哀れな末路を見届けて野辺の送りも何度かしたのである。

私は少年に問うた。

「君が直征君か」

　少年は黙って頷いた。ふと気が付くと店内には、フェイセズという楽団の「ウー・ラ・ラ」という楽曲が流れていた。私はこの曲を高校一年生の頃よく聞いていた。この曲が収録されたLPは特殊ジャケットで、ジャケットいっぱいに描かれた人の顔に左右の耳を引っ張ると舌が出て、べかこう（あっかんべえのこと）、をするという細工が施されていた。

　私はその音楽を懐かしく思いながら少年にまた問うた。

「君はロックが好きなのか」

　少年は大きく頷いた。

「君はロックのどういうところが好きなのか」

　さらに私が問うと少年は大きく目を見開いて言った。

「私らはラブ&ピースのようなものを好いとる。平和を愛する心じゃ。後は反権力じゃ。贋の権威を毀つです、ほて……」

「それで？」

「ほて、ほて……」

　少年は頬を紅潮させて言葉を詰まらせた。思いはあるのだがそれに相応する言葉が出てこないようだった。私は少年の言いたいことを補って考え、少年はロックを以下のような概念に結びつけているのだろうと推測した。

それは例えば自由という概念から出発する。私はそもそも自由な存在であるはずである、というところから少年の考えは出発する。ところが自分はいま自由ではない。なぜか、それは私が私の本来性に反した軛（くびき）をかけられているからだ。その軛とはなにか。

まず神というのがそうだ。国家というのがそうだ。町や村がそうだ。私はそれらに守られ、それらを頼って生きているのではなく、それらに頼らなければ生きていけないようにされてしまっているのだ。或いは、家庭、学校、会社、結社。そうしたものも私にかけられた軛だ。或いは道徳。或いは法律。私は私があずかり知らないところ、私が産まれる以前から決まっていた連続性のなかに本人の意志を問われないまま強制的にからめとられ、縛られている。

そのことをまず報（しら）せるのがロック。「おまえは不当に自由を奪われているぞ」って訳だ。そして報せるばかりではない。警鐘を鳴らすだけなら誰にだってできる。それが単なる嘆き節であるならなんの意味もない。それはただの田吾作ブルースだ。ロックはその現実を変革する力、その軛を外す、または破壊する力を有している。それがロックの特質であり、本質である。

そしてそれは抽象的な観念の遊戯ではない。ロックは実際に私にかけられた軛を破壊する。どうやって？　そのリズムによってである。実際の話、ロックの烈しいリズムに身を委ね、頭を振り、手足を動かせば、その瞬間、軛のことは忘れている。

もちろんそれは瞬間的なことである。しかし、それを習慣化することによっていつしかロックのリズムは徐々に身体に染み渡っていき、気が付けば私は軛が取れた自由な人間になっている（はずである）。これは道元が言っていることなどにも通じる。そういう風な軛に縛られない自由な私が増えていけば、つまり世界中の人がロックを聞くようになれば地球上から戦争がなくなり、支配する者とされる者、富者と貧者の差がなくなり、みんながひとつになって平和が訪れ、地に歌と花が溢れる。愛と自由と喜びに満ちた日々が訪れる。

と、そんなことを少年は、ほて……、の後に続けたかった。これを大人が論難するのは容易いことだ。例えば、ロックがどのような流通経路を経て少年の手元に届けられるか。そのからくりを説明しただけで少年の夢はこわれる。こぼたれる。それは彼の言う「軛」のなかを通ってくるからだ。私はそれをやろうかと思ったが思いとどまった。ロックの欺瞞性を並べ立て、弱々しく反論する少年を理詰めで追い詰めたところで、彼は長い睫に涙を一杯に溜め、唇を噛んで俯くだけだろう。そしてその根本の考えは変えないだろう。ああ、私が男色家だったらそんな光景も風情あるものとして眺めただろう。けれども私はむしろ彼の母親に関心を抱いていたのだ。これが可憐な少女でなかったのはよかったことだ。

私は追い詰めるのをよして、むしろ理解者であるようにふるまえばよいのだろうか。少年の思っていそうなことを、こういうことだよね、と優しく言って賛同を得ればよいのか。そんなことをしても少年の根本の考えはやはり変わらない。むしろ年長者の理解を得た、と誤解して、ますますロックを信じるようになるだろう。そんなことではあかぬと私は心の底から思った。

だから言うことがなにもない。そこで、「君は腹が減ってないか」と尋ねてみると、「私らは減っておりますがな」と言うので珈琲館を出た。出たところに、甘いような辛いような匂いが充満していた。その匂いの源は向かいの中国料理だった。私たちはその店に入った。その店ではロックが流れていなかった。ロック以外の音楽も流れていなかった。黄と赤と緑の色彩が渦を巻いていた。少年は、「ロックはチャーハンですがな。そうおぼさんかもし」と言ってチャーハンを頼んだ。私は麦酒と餃子を頼んだ。私たちはこれを二十分以上かけて食べた。

都心から少し離れた高架駅で電車を降りた私たちは階段を下りて自動改札を通った。そのとき少年はICカードを使用した。私はへらへらの軟券を通した。改札を抜けた構内の正面は有人の券売所で、キャリーバッグを引き摺った旅客が出たり入ったりしていた。その右には何十もの無人券売機が並び、その左には英国風のPUBがあった。まだ夕方であったが既に足元が覚束(おぼつか)なくなっているものがいた。事務員風がいた。作業着を着て工具箱を持って歩いて居る者がいた。そしてそのなかには革服を着て手首に刺青を施し、髪型も奇抜な、一目でロッカーとわかる者も多くいた。そしてその比率は都心のターミナル駅に比べてもかなり高いと思われた。

私たちが下りた階段は東に向かって漸降していた。従って右に行けば南口、左に行けば北口ということになる。どちらも鉄路に垂直に一粁(キロメートル)歩くと東西に走る街道にぶつかる。そしてその鉄路と街道の間には毛細血管のような細い道が縦横に走り、小商店が軒(のき)を並べていた。その中には六階建てくらいの住宅の一階がカフェになってい る式の店もあり、そうした住宅に住む者は晩のお菜(かず)や蔬菜(そさい)類を求めて徒歩で或いは自転車で通行していた。そうしたときそうした人は必ずチリンチリンと鈴を鳴らした。

そうした人たちは或いはこう言いたかったのかも知れない。「電車に乗って来た人間はどけ」と。そう言う代わりに彼らはチリンチリンと鈴を鳴らしたかも知れぬのである。

確かに私たちはまごまごしていた。

それは私が大凡（おおよそ）三十年ぶりにこの町にやってきてすっかり変わってしまった町の様子に戸惑ったからだが。それは全然違う方向に変わってしまったというのではなく、むしろ逆でその頃既にあった萌芽のようなもの、その頃はまだ若く弱々しく疎（まば）らだった樹木が、繁茂し生長し、鬱蒼とした森林となってしまったような変わりぶりだった。

と言うと鉄とコンクリートに囲まれて暮らす都会人にまるでよきことのような印象を残すが、光届かぬ密林は鋭い棘（とげ）の生えた草やおどろな蔓（かずら）、巨大な倒木に覆われ、迷い込んで進むことも退くこともできなくなった人間に、禍々（まがまが）しい毒蛇や毒虫が一斉に襲いかかるという恐ろしい場所である。

もちろん都心から数駅のこの町が密林と化したわけではないが、当時、疎であったものが不自然に密になったというその過程になにか禍々しいものがあるのではないか、と考えて私は警戒的になっていた。

私がそんな風に警戒的になるのは内心に企みを抱いているからだった。私は少年にロックの実情を見せてやろうと思ってこの町に少年を連れてきたのだ。三十年前からこの町には生演奏を聞かせる店や貸しスタジオが多かった。古着屋やレコード屋なども。だからそうした類の者がこの町に集住していた。しかし多かったと言って、それは飽くまでも他の町に比して、ということで、それらは少数者であった。あの頃、彼らは口々に、「私たちは少数者です」と言っていた。そしてそれは自嘲の調子を多分に含んでいた。

そしていま少年は言う。

「ここはロックの町ですがな。ロックが昌(さか)っておりますがな」

そのように少年は上機嫌だった。少年はきょろきょろしていた。その頰が桃色に光っていた。私はそれと逆のことを思っていた。

私は、ロックなどという馬鹿なものを信じたばかりに場末の町で無気力に暮らし、それでも信仰を捨てることができず、老いさらばえた身体をパンクファッションで包んだ惨めな老爺と老婆の姿を見せたかった。

もちろんそうしたものもいた。いたけれども、それは少数、少年より僅(わず)かに年が上、という程度の者が殆どで、私は所期の目的を果たすことができなかった。
郵便ポストや分電盤に多くの絵や文字を印刷したステッカー（文字はほぼすべてが英文字）がびっしり貼ってあった。

「ううむ。確かに不自然だ」

と私は独り言を言った。

「この隆昌は実体的ではない。この町ではない、もっときらびやかな町に住む者がこの惨めな町に住む者を瞞着することによって実体的な利得を得ているのだ。そしてその実体的な利得を得る者はこの者たちが神と信じる者の言う敵だ。この者は敵を司祭として居ない神を祀って司祭を肥らせ己の人生を消尽させつつある。けれどもそれが人生の本質とも言える。ううむ。母親の言うのも尤もだ」

私はもとより人を瞞着して利益を得る人にその利益を分配しろと言う気持ちはない。それは瞞着される人に瞞着されたいという気持ちがあるからそうなるのであり、瞞着されるのはひとつの快楽であると考えるからだった。

だから此の少年がロックを信じ、それを基盤として人間となっていくのもほうって置いて、「うん。隆昌を誇っている。それもひとつのベラドンナ、悲しみの別業だな」

と言って放置すればよかった。ただ。

と考えて薬屋の脇を通りがかったとき少年が言った（私たちは北口に出ていた）。

「私らはどこに参るのじゃろう。余計なマービンも持ちませんが」

「マービンとはなんだね」

「私らはなんらの本位も知らんです」

そのとき私の頭脳のうちにある考えがまるで天啓のように閃（ひらめ）いた。偉大なシンガーであったマービン・ゲイは父に銃で撃たれて死んだが、その銃はマービン当人が贈答したものであったという。ならば私もこの少年を射殺すればよいのではないか。というのは私自身が少年を射殺するということではない。少年が好きなロックを実地に見せて、その実地のロックの欺瞞を直接見分するならば、少年の中の理想のロックはその実地のロックによって射殺されるのではないか。

その場合、実地のロックは贈答された銃なのである。そして少年がその贈答を弾（はじ）けるような笑顔で受け取ったのは私の予想通りであった。

私は薬屋のなかから二人の婆がスルメをしがんでいるような顔で此方（こっち）を睨（にら）んでいるのを横目に駅の方に戻りガード下を右に曲がった。ガードはそのまま高架線になっていたが、その下は繁華な商店街になっていて、高架沿いの細道の右側にも小商店がびっしり並んでいたのでさびしい感じはまるでなかった。その殆どが飲食店でその三割が昔ながらの和風情緒の店構え、四割が昭和的な和洋混淆様式、二割が近年流行のスタイル、一割がロック調の店構えであった。少年はその町のたたずまいをときどきカメラで撮影して、私は立ち止まって彼を待たなければならなかった。私たちはロック調の店のなかの一軒に入った。

狭い急な階段を地下に下りていくとその下りきったところに「再入場不可」と書いた張り紙があり、その下に小机と銭函を置いて切符の販売と改めをしている若い男が居た。右手のドアーから拙劣なロックが洩れ聞こえていた。当日券を二枚呉れ、というと、男は複雑なことを問うてきた。以下は男との問答である。

「足下はなにを見に来たのか」

「余はロックを見に来た」

「足下はどのグループを見に来たのか」

「それを言わぬと切符を売ってもらえぬのか」

「……（黙して答えず）」

「余はなんらの下調べもしないできた。どれと言わずただ見に来た客の取り扱いについての制式を伺いたい」

「……（黙して答えず）」

「なぜそのように押し黙っているのか」

「……（黙して答えず）」

「もはや余は貴公を殴りたいがそれは平和を愛する余の本意ではない。しかしこれ以上、剛情を張るならそうするより他に余は手段を見出すことができない。どうか余をして暴力をふるわせないでほしい」

それでも男は剛情に黙っていたが暴力をふるわないで済んだのは、男が鼻紙を差し出したからである。鼻紙には、「ギターシェイイ」「面と向かってテオドール」「ビューティ古ピープル」という三つの固有名が記してあった。私は少し考えて、「ビューティ古ピープル」と言った。男は手元の、クチャクチャと細かく文字や数字を記した帳面に記号を書いて料金を告げた。私は金を払い、許されて少年とともに右手のドアーを引いて店のなかに入っていった。

三人と二人。合計五人の男が狭い舞台上にひしめいているのを見て私は悲しんだ。あんな狭いところに立っているのはどんな気持ちだろうか。しかも楽器を持って。私は彼らに満腔（まんこう）の同情を寄せた。それを知ってか知らずか彼は疲れ切った五体から苦しげにビートを絞り出していた。そのビートに合わせて身体を揺すりながら少年が私に言った。

「すばらしきロックですじゃら」

「すばらしいかね？」

「そうですじゃら、まっこといみじゅいぞん」

「なにがいみじいのかね」

「あんひとらの怒りですがな。社会の矛盾ですがな。私らの心底が燃えるようです」

とその言葉とは裏腹に少年の身体の動きが次第に小さくなっていき、最終的には完全に静止した。それは演奏が拙劣だったからではなく、少年にとって彼らが発する言葉が演奏と同じく稚拙であるばかりでなくあまりにも観念的でまったく心に響かないからだろうと思量された。少年の顔がさびしげに見えた。そのとき私は実地のロックが少年の夢を打ち砕くのを幻影にみて秘かにほくそ笑んだ。

　この調子、この調子。この調子で少年は夢を失っていけばよい。夢は少年を蝕み少年を敗残者、落伍者にしてしまう。早いうちから夢を砕いておくのは社会で生きるに当たって本当に大事なことだ。それをしないでいつまでも夢を育んでいたらとんでもないことになってしまうぞ！　気をつけろ！　最初ほくそ笑んでいた私はいつしか叱咤していた。そしてそのバックグラウンドには烈しいロックビートが鳴り響いていて、それに合わせてミニワンピ姿の少年の母親が長い髪を振り乱して踊り狂う姿が、明滅する赤と青の光に照明され、闇に現れては消え現れては消えを繰り返していた。

次の「面と向かってテオドール」が舞台にあがって準備を始めたとき私はもう帰りたいような気持ちになっていた。そしてそれに十分なくらいに少年のロックが銃で撃たれて死んだかを確かめようと少年の顔を見た。

少年の顔は希望に輝いていた。もう悲惨だった「ギターシェイシェイ」のことを忘れているのだ。この魂の復元力。しなやかな回復力。これが少年の美点であり特質である。私たちはなんぼうにもこれを打ち砕かなくてはならない。それを自然にやってくださるのがこの、「面と向かってテオドール」であろう。私は少年とは逆の期待を持って舞台を見つめていた。まるで乳を吸う乳児のような瞳で。

女二人男二人。合計四人の男女が舞台に立っていた（厳密に言うと二人は座っていた）。一人の男は鳥打帽をかぶっており、一人の女はおかっぱだった。演奏が始まって私の期待は完全に裏切られた。

彼らは言葉に拠らず密やかな会話を交わしていた。それは完璧な調和を保って美しかった。ときおり立ち止まって聴く鳥の囀りは私の耳に心地よかったが私はそれになんの意味を感じることもできなかった。しかし彼らの奏でる音楽は心地よく全身に響き、そして確実な意味を伝えていた。それはでも言葉にできない意味だった。いつもそれを言葉にしたい私の脳は疼痛のような快感に悶え、その悶える脳を音がくすぐった。

そして親しげで密やかだった会話は熱を帯び火を噴くような議論に発展することもあった。と同時にそれは降り注ぐ光であり吹く風であり流れる水であった。森羅であり万象であった。唐突に現れ、唐突に消え、どこにでも在り、どこにもないものであった。

「なんて素晴らしい音楽なんだ。私は鳥打帽を買うたろうかしらん」

呟いて私は溜息をついた。おそらく少年も同じくらいの感銘を受けているのではないか。そして少年時にこんな感銘を受けることはちょっといいことじゃないのか？　そう思いながら私は少年の様子を窺った。

少年は背中のリュックサックを下ろそうとして身をよじっていた。人は真に感動しているとき、無闇背中のリュックサックを下ろさないものだ。

そんな具合にリュックサックを下ろしにくいというのは肩バンドを短くタイトに調

節しすぎているからだろう？　それはお母さんにやってもらったのかい？　君のお母さんは緩いルーズなものより固いタイトなものが好きなのだろう？

私は少年に心のなかで語りかけつつ、ただ単に、「おもしろくないのか」と問うた。少年は、

「私らはいっそ好かん」

と単簡に答えた。

「どうしてだい。素晴らしい音楽じゃないか」

「私らはこがいなものは好かんでがす。肥やしくそうて」

私は少年に反論ができなかった。少年はこの音楽に肥料の香りを嗅いだ。それを打ち消すためには言葉が必要だったが、その言葉はもちろん私ではなく、「面と向かってテオドール」が発する必要があった。そして実際に発していた。けれどもその言葉のなんと繊弱（せんじゃく）だったことか！

確かにそれは感受性に富んだ人の言葉であったのかも知れない。きわめて感受性に富んだ人が、鈍重な感覚の持ち主であれば当然のように看過してしまう日常のありふれた風景に特別な意味を見出して、その意味に感じ入って涙したり、よろこびを感じ

るなどして、繊細な感情が微細に揺れ動く様を丁寧に言葉に置き換えた、そんな風な歌詞であった。

具体的に言うなら、山手線が発車する瞬間のこと。高原に行ってリンドウを見たこと。信号待ちをしていた無表情な人が交差点の向こう側に知り人を見つけてふと笑ったこと。恋人と喧嘩したとき窓硝子の水滴をじっと見ていたこと。フェリーボートが通り過ぎていったこと。チョコレートがおいしかったこと。冬の日射しを背に感じて公園のベンチに座っていたことｅｔｃ、ｅｔｃ……、みたいな景色や時間を愛おしさと親しみを込めて描くと同時に、そうしたものに親しみを感じ愛することができる自分の感受性をなによりも愛し、自分が自分であることによろこびを感じ、同じ感受性を有する仲間に密やかな信号を送る。なぜ密やかに送るのか、というと大胆に送ると多くのこうした感受性を持たぬ鈍感人に発見され、嘲笑されたり、中傷されたり、妨害されたりするからだが、そうした秘密めいた通信方法もまた、自分たちが、選ばれてある、という感じを増幅するので、密やか、もまた彼らにとってひとつの定型であり条件であった。

少年はそんなところに腐臭を感じたのかも知れない。

「なんぼうにもクソですがな」

少年はうららかな調子でそう言うと、ついに背中から下ろしたリュックサックからカメラを取り出した。本格の一眼レフカメラであった。

「私らは写真を撮ったろう」

少年はカメラを構え写真を撮り始めた。そんなことも知らないで、「面と向かってテオドール」は素晴らしい演奏に乗せて繊弱な詞を歌い続けていた。

「面と向かってテオドール」の演奏が終わって次の「ビューティ古ピープル」の演奏が始まるまでの幕間（まくあい）、観客のなかには仲間内で写真を撮り合う者があった。

少年はその者たちに近づいていき二言三言、言葉を交わした後、その者たちに向かってカメラを構え写真撮影をしていた。

「君たちは写真を撮っているのかい？」

「ならば僕が撮ってあげようか？」

「後で送るから連絡先を教えてよ」

少年はそんな会話を交わしていたのだろうか。被写体は少年の構えたカメラに向かって自然な笑みを浮かべ、少女たちのなかには巫山戯（ふざけ）て催春的なポーズをとるものもあった。私は掌（てのひら）と心に痛みを感じていた。

そのうちに「ビューティ古ピープル」の演奏が始まった。

男六人が舞台に立っていた。そのうち一人の男（ギターイスト）の顔は角張って、完全な長四角だった。その男は黒縁眼鏡をかけており、その黒縁眼鏡もまた四角だった。しかも角刈りにしていた。その畳を意識したような男がゆったりとした拍を刻んで演奏が始まると、それまで、冷ややか、という訳ではないが腕組みをしたり、津田沼の町並みについて話すなどして、どこかしら客観的だった観客が、歓声を上げ、ゆったりとした拍に合わせて身体を揺らし始めた。

歌手の男（細面の美男）は、「やううう」「たうううっ」など、無意味な掛け声ばかりかけてなかなか本題に入らなかった。しかしそのことは聴衆に好感を持って受け入れられているようだった。なぜなら歌手の男がすぐに本題に入らないのは、勿体ぶっているからではなく、また焦らすことによって期待値を高めようとしているわけでもなく、ましてや歌詞を忘れたからでもなく、いまの拍子に全員の心が馴染むまで本題に入らない。ただのひとりも置き去りにしない、と歌手の男が考えているからと聴衆が受け止めたからである。

そして歌手の男が愈本題に入ったとき、その受け止めが正しいことがわかった。歌手の男は「ギターシェイシェイ」に近いような観念的な詞を歌ったが、その内容は

「ギターシェイシェイ」のごとき攻撃調・告発調のものではなくして、普遍的な愛を基調とした肯定的なもので、ことに歌手の男は、仲間との連帯、融和というものを強調しており、そこのところが聴衆の深い共感を生んでいるようであった。

それは当たり前の話であったのかも知れない。なぜなら、「ギターシェイシェイ」は、「此の世の大多数は間違っていて、少数の自分たちはこれに立ち向かうべきである」「それを知って敢えて立ち向かわないのはむしろ悪より悪である」式の主張を展開していたが、小が大に立ち向かった場合、普通は敗北して滅亡する（「ギターシェイシェイ」の立ち姿は期せずしてその滅びの姿を具体的に表現していた）。その美学に共感するものは少ない。また、それこそがロックと言うこともできるが、少なくとも少年の心には届かなかったようだ。

しかし「ビューティ古ピープル」はそんなことは言わなかった。そうではなくむしろ、「此の世は美しい」「この世界は素晴らしい」と現世を肯定的にとらえると同時に個々人についても同じように肯定的にとらえるという姿勢を貫いていた。このような思想は闘争や角逐（かくちく）に疲れた多くの人を癒やし支持を得る。

しかしそれは退嬰（たいえい）と隣り合わせだし、もう一歩進めば虚無の淵が口を開けている。或いはまた現実を見ないで架空の世界・夢の世界へ人を誘うことによって利得を得ようとするごく単純な経済行為である可能性もある。つまり現世を否定してもう一つの価値観を提示するかにみえて実はそれは現状のいたらざるところをなんとなく有耶無耶にして、現状がいつまでも続くことを扶けてしまっている。そんなものがロックであるはずがない！という考えも成り立つ。やはりロックならばそうしたものに反抗・反逆するような精神がなければならない。なので例えば、「ギターシェイシェイ」の人ならば、これを聞けば、ふざけるな、と喉から血が噴き出すほどに絶叫し、目から血が出るほどに瞋るに違いない。ところがなんとしたことだろうか。客席に「ギターシェイシェイ」のすべての団員が現れ、彼らにとって欺瞞であるはずの「ビューティ古ピープル」の音楽に合わせて気持ちよさそうに身体を揺らしつつ、一般の観客と同じように声援を送っているのである。

なんだこりゃあ。と言う声が私の内側から起こるはずだった。ところがそんな声は起こらなかった。むしろ私はこれを当然のこととして受け止めて違和感を覚えなかった。なぜなら。それこそが私がロックの本質と考えることだったからだった。

つまり演劇。彼らは各々、その役割を演じているのであり、実生活にあってはほぼ同質の人間であった。闘え、と言うものと、融和せよ、と言うもの。否定せよ、と云うものと、肯定せよ、と言うものがいま入れ替わったところで、誰も気が付かないし、当人のなかに矛盾も葛藤も生じない。その思想は衣装や鬘と同じものであり、「生き様」は文字通りひとつのシンプルな様式であったのである。したがってロックを貫くのは、「いまさら別の役を一から演じるのは面倒くさい。億劫。しんどい」「長いことかかって作り上げたキャラクターやイメージを壊したくない」ということに過ぎず、それは言ってしまえば自己保存本能に基づく行動、すなわち、保身、であった。にもかかわらず多くのロッカーは啓蒙的な姿勢をとって、娯楽を提供していると明言しない。

その事実の銃弾は少年を貫いただろうか。そう思って少年の姿を会場に探したところ、少年は時に音楽の拍子に合わせて身体を揺すぶりつつ、観客と舞台に等分にレンズを向けて写真を撮っていた。外見からはまったくその気持ちがわからなかった。こうなったら直接、問うてみるより他ないのかな。だったらこちらから少年に近づいていってその気持ちを聞くしかないのかな。

そう思ったとき背後から私の肩に触れた者があった。

斯うした場所で人の肩に手を置くことはさほど非難されることではない。少なくとも今時の教場なんかよりは余程人が親密に触れあっている（ということになっている）。

私はそんな常識を持っていたので、まるで驚かぬ風を装って、しかし少しは相手の非礼を窘めたい気持ちもあって、「なんだい、藪から棒に」と言った。おそらくふさわしくない言い回しだったが男は気に留めず、

「君、君」

と私に言った。

いきなり君とはますます無礼だが、この人もロック的な不躾を生き様と心得て、意図的にそれを演じているのだろう。そういう不自然さがある。私は瞬時にそう考えて男の様子、風体、佇まいを素早く窺った。

男は私と同じくらいの年齢で、既に額からはげ上がっていた。黒い角縁眼鏡をかけていた。顔が全体に地味で、近くに居ても居るかどうかはっきりしないような、小一時間面談して五分後には、どんな顔だったか忘れているような、そんな顔だった。垂らしワイシャツに厚織りの綿ズボンを穿き、足元は汚れた白ズックだった。

「君はずっとさっきからあの少年を見ているな」

男は振り返った私に言った。私は、「いや、そうではなく、私はあの少年の親戚で」と言ったが男は、いやいやいやいや。思し召しだろう、と意味の通らないことを言ってニヤニヤ笑った。

「思し召しっていうのがわからないんですがね」

「いいじゃないか。あの少年は女にチヤホヤされて君なんぞ相手にしない」

そう言われ見やると少年は確かに女に取り囲まれてときどきカメラを構えていた。

私は男をその場に残して少年に近づいていった。

私が、いかにもこの少年の身内なのでこの少年と話すなら私とも話せばいいじゃないか、という感じで少年に声を掛けると女たちはそそくさとその場から離れ、舞台に注視し始めた。私は仕方なく少年に言った。

「どうだ、君の考えるロックとは随分違うだろう？　君の志は銃弾に撃ち抜かれたようになったんじゃないのかな？」

少年は鼻を膨らませ、そして言った。

「なんぼうにもロックですがな。私らはむずかしいことはわからぬ。私らはそのときの快味で満足じゃ。心のなかは永日でがす。鶏の饂飩啄む日永かな、と学校で習いましたが。私はまるっきりカメラ小僧じゃ。もうなにもわからん。あんたの写真を撮ったろ。私らにはそれがロックじゃ」

　そう言って少年は私の写真を撮った。

「それが演劇であろうとなかろうと関係ない新世代って訳だね。なに俺たちだって真実を演じていたに過ぎぬだろ。真実を演じて酔っていたのさ」

　いつの間にか後ろに立っていた男が言った。

「それに殉じて死んだ奴もおるがな」

「いずれ飲酒にリスクはつきものさ。君は酔い足りないのじゃないのか」

　そう言われてもっと酒を飲みたい気持ちになった。「ビューティ古ピープル」の演奏はこの間も続いていて、ついに「ギターシェイシェイ」の団員が壇上に上がって歌ったり、服属民の踊りのような踊りを踊ったりし始めた。きつね色の服の裾が照明せられて翻っていた。少年はすかさず写真を撮っていた。

「もっと酔えばいいじゃないか」

　男は少年を見ながら言った。

「そうだな。僕はもっと酔おう。酔ってこその人生だ」

「その意気だ。大いに酔いたまえ」

「ああ、酔うとも」

私はそう言って伝わらないくず餅の物真似をした。私は男に言った。

「ロックとはこんなものじゃなかったかね？」

男は目を瞑(つむ)り舌を出し変形べかこうのような顔をして言った。

「いや、こんなものだろう」

「なんだそりゃ」

「マラカスの物真似だ」

私と男の間に渺々(びょうびょう)たる荒れ野が広がっていた。荒れ野で誰かが叫んでいたがそれが誰だかはわからなかった。


一時間後、男と私は高架下の居酒屋で泥酔者と変じていた。私たちは疲れ果てていた。私たちは互いにわかり合えないことをわかるために既に膨大な言葉を費やしていた。

「やい、それが君のロックか」

「そんなもの。初手からペテンだったのさ」

「そんなことはない」

「じゃあさっきのあれはなんだ」

「あれは偽物さ」

「そういう君は真作か」

「僕は贋作さ」

「じゃあ偽物じゃねぇか」

「偽物と贋作は違う」

「同じだよ」

「いや、贋作の方が悪い。それは人を欺く行為だ」

「騙される奴が莫迦なんだよ」

「その莫迦に煽てられて自分が贋作であることを忘れちまったんじゃねぇのか」

「忘れつちまつた悲しみに、ってやつか。馬鹿馬鹿しい。それなら偽物に、真筆でございゝって折り紙をつける商売人はほっといていいのか」

「君は誰のことを批判してるんだ」

「言わないとわからないのか。まあ、君ではないがな」

「俺だっておまえを批判しているのではない。ただ、君があまりにもそれを愚弄するものだから」

「愚弄って言うかね、俺はないものをあることにして、それが嘘だとわかっていて保身のためにその嘘を言い続ける奴はまだ許せるんだよ。それは贋作だよ。生存の本能だから仕方ない。贋作は悲しみを知っている。しかしだねぇ、自分がいい気分になるために若い者を騙している奴は卑怯で穢(けが)らわしいじゃないか。そう思わないか」

「思うが、俺は本当に信じているんだよ」

「じゃあ、莫迦じゃん」

「なんだと。もう一度、言って見ろ」

「そっちこそ、なんだ。もう一杯飲んでみろ」

「ああ、飲むとも。その代わり君も飲め」

「ああ、飲むとも。あ、空だ。すみませーん、お銚子、もう一本御願いします」

とそう言ったところ、「はーい」と、やってきた女の子は、店の前掛けの下に、人気絶頂期にみまかったロックスターの顔写真が刷ってあるティーシャーツを着用に及び、その容貌は花のようだった。そこで私は、「今の子、ちょっと可愛いじゃないか」と言ったのだが、男は、「俺はそうは思わない」と言って頑(かたく)なに俯き、唇を嚙んで暫く黙った。

さほどに私たちの会話は噛み合わなかった。

店を出たとき私の足元はもはやおぼつかず、「君の家は？　そうか。その様子じゃ帰れぬだろう。僕の家に来るか？」と言う男の提案に頷くより他なかった。

男の部屋は狭く雑然としていた。色んな物が溢れかえる部屋の真ん中にようやっと空いたスペースに万年床が敷いてあった。

男はその万年床を指して、「まあ、座りたまえ」と言い、自分も垂らしワイシャツを脱いで座ると焼酎をプラカップにドクドク注いで飲んだ。私は水を貰って飲んですぐ横になった。

そして漸く眠くなったらしい男も灯りを消して少し離れたところで横になる。暫くして、

「もう眠ったのかい」

と男がかすれた声で言うので寝たふりをしていると、「寒いから入れて貰うよ」と言って男が布団のなかに入ってくるので、寝返りを打って背を向けた。男は、「おお、寒い」と言って後ろからしがみついてきて、普段ならそんなことはないが、酔っていて面倒くさかったので、じゃあもう好きにすればいいさ、と思って力を脱いた。

だが、私は男に一言だけ言った。

「それがおまえのロックか？」と。

男は一瞬、手の動きを止めたが、すぐに、「ああ、そうだよ」と言って再び手を動かし始めた。


少年の母親から「ご報告とご相談があるので家に来て貰いたい」と連絡があったのはそれから三ヵ月後、一週間前のことだった。

喜んで行ったその家は都心のマンションで、気の利いた意匠の家具その他の設えに、母子が生活している感じがちっともなく、私は若い愛人の部屋を訪れたような心持ちになった。そうしたことによって特有の情緒を刺激された私はその日より女とひとつの気分を共有する間柄となってしまった。女は少年の話は殆どしないで、手が痛いのでみて貰いたい、など言ったのである。

けれども少年の話をしなかった訳ではない。起き直った女の言うのには少年はあの日よりロックミュージシャンになるとは言わなくなったがカメラに凝り、カメラを抱えて町に出て終日、写真を撮り歩いているという。

「ほう、どんな写真？　風景写真かい？」

「それが肖像写真ですの」

「ふーん。少女かなにかの？」

「ええ、少女ですわ。でも醜女が多いの。労務者や年増もありますけど殆どが醜女ですの」

「それは心配だ。少年期に醜女の写真を撮ると中年になってから精神を病む傾向は多くの人が確かに実感として感じているはずだ。そしてそうして子供のことで心を痛めているあなたが心配だ。疲れちゃあいませんか」

「ええ、少しばかり」

「僕でよかったら慰めて差し上げましょう」

私はそう言って女の細い軀を抱き寄せた。女はまるで脱力しているようだった。

暫く慰めた後、私は女に、「五日後に伺います。僕の慰めは五日しか持ちません」と言った。女は、「御願いしますわ」と言った。そして猶去りがたく居たところ卒然として扉が開き閃光が光った。私は慌てて身を起こした。女はゆっくりと細帯を締め、そして言った。

「きっとあの子ですわ」

「写真を撮ってどうするつもりだろうか」

「夫に見せるのかしら」

「夫？」

「私、再婚したのよ」

「マジか。いつの話？」

「一ヵ月前ですわ」

「そうか。おめでとう。しかし母親が再婚したからといって急に写真を撮るのはいけないことだ。そんなことがロックだと思っているとしたらそれは思いちがいというものだ。まだ家にいるだろうか。それとも外出しただろうか。外出してまた醜女の写真を撮っているのだろうか。どっちだってかまわない、僕はちょっと行って説教をしてくるよ」

私はそう言って女の部屋から逃げ出した。外はまだ明るかった。正面玄関の向かい側のビルの外壁が鏡張りになっていた。トレパン姿の五人の少女がその外壁に向かって、音楽をかけ踊りの練習をしていた。こんな少女はきっと勉強ができないのだろう。少女の二の腕や足首に海老やひょっとこの刺青があった。

電柱や醜女、ガードレールや樹木が午後の光に照らされて在った。少年はいなかった。見上げると空に、誰かが揚げているらしい凧が揚がっていた。あたりが明るく眩しかった。それが不思議でならなかった。なんでこんなに明るいのだろう。自分は間違えた世界に来てしまったのではないか。そんな馬鹿げた考えが頭に浮かんで、そのうちに頭がジンジン痛くなってきた。

いったん俯いてもう一度空を見上げると、その瞬間、糸が切れたらしく凧は制御を失い風まかせに流され始めた。それと同時に踊りの少女たちの音楽がロックミュージックに切り替わった。立ち止まって暫く聞いた。

〽階段から転げ落ちても
正しいことやるんだ
得意顔で語った、そいつ
レザーまとった、ははは、ロックヒーロー

そんな歌詞だった。あたりに階段はなく、道は平坦だった。少女たちが曲に合わせて一心に踊っていた。「ほんだら私らは彼の男を訪ねてみたろうかな」と私はそんなことを思っていた。凧はどこかに飛んでいってしまっていてもはや影も形もなかった。「凧なんて。最初からありませんでしたわ」と声がして、振り返ると女が立っていた。「参りましょう」女が身を寄せてきた。私は仕方なく女の手を取って歩き始めたが行く当てはさらになかった。

解説

乗代雄介

私は書く態度についてサリンジャーから多くを学んでいるので、ＴＰＯにかまわず、いつでも「シーモア―序章―」という短編に戻る準備がある。というわけで早速、戻らせていただく。

語り手は、作家が作中人物の服を過剰に細かく描写をするわけにはいかない理由についてこのように書いている。既訳では言わんとするところがわかりづらく思えるので、拙訳である。

何が作家を踏みとどまらせるのか？　ひとつには、会ったことのない読者に対して、不当な扱いをするか、大目に見て得をさせるかという傾向があるためだ――自分と同程度の人間一般や社会的慣習に関する知識を読者は持たないと見なしている時に不当な扱いとなり、自分の脳裏にすぐよぎってしまう些細で込み入った情報を読者も持つと信じたくない時に得をさせる。

「不当な扱い」というのはわかりやすい。例えば、小説の登場人物の一人がアロハシャツを着ている。そこで、生地の素材とか、色柄とか、衿の形とかをみな書くかといえば、大抵は書かない。素材はレーヨンで、水色な無重力空間にパイナップルを撒いたような柄で、まあそれぐらいはいいとしても、衿は開いた形ですよ、ということをわざわざ書けば、その作家は、読者はアロハシャツのことを何一つ知らないとなめている、つまりは「不当な扱い」をしているというわけだ。

一方の「得」というのは、疑わしきは罰せずに基づく利益という意味である。アロハシャツでいうなら、読者をなめていないのに素材や柄や衿の形をわざわざ書きたがる時、作家の意識の有無を問わず、そこには何らかの個人的な情（報）が込められている。例えば、その作家は過去にレーヨン素材のアロハシャツの男に女を寝取られているかも知れない。そこまで大げさなことではなくても、パイナップルの実のつき方をテレビで知って驚いて声出たとかでもよい。それらは、作家としては読者に知らせたくない情（報）である。なのに、個人的には書いておきたい情（報）である。現実の知り合いなら作家がアロハ男に寝取られたことを知っているだろうが、会ったことのない読者が知っているかどうかは確かめようもない。だから作家は、読者はその罪作りでノイジーな情（報）を知らないものと決めた上で、憎むべき男を小説に登場させてレーヨン素材のアロハシャツを着せる。この時、読者は推定無罪の原則によって「得」をしているというわけだ。

まとめると、なんだかどうでもよさそうな些細なことがわざわざ書かれている時、作家は読者の知識をなめているか、極く個人的な情（報）を込めている。サリンジャーはそう言うのである。その傾向が「作家を踏みとどまらせる」とも書いているが、自身はぜんぜん踏みとどまらなかった。服に限らず、筋に関係ないものまで事細かに書き、だからその作品は、読者と作家の相容れぬせめぎ合いの様相を呈した。私はそういうものを非常におもしろいと思う性質である。

この傾向は、現在でも多くの作家を「踏みとどまらせる」ようだが、町田康のように踏みとどまらない人もいる。だから非常におもしろいと思っている。

サリンジャーを信じて、「文久二年閏八月の怪異」から「私」の服装について見てみよう。「私」が、質屋の奉公人は自分のことをこう観察しているはずだと考える場面がある。つまり、「私」の言葉で、「私」の外見が客観的に記される場面だ。

> 六呎（フィート）。百八十磅（ポンド）。ストライプの着物を着て、角張ったベルトを締めている。薄い灰色の上着を羽織り、白いソックスにサンダル履き。色は浅黒く、鼻が高く、表情に富んだ目。髪は鳶色。

わざわざ目に入るもの全てに言及しているのだから、なんだかどうでもよさそうな些細なことが書かれていると言っていいだろうが、文久二年といえば一八六二年、幕末である。その時代の人物であるからして、「私」は縦縞の着物に角帯を締め、木綿かせいぜい紬の単羽織、白足袋に草履を履いていると見て間違いがない。さらに「私」は、「鉤の付いた金属棒」すなわち十手を持っている。ちなみに、身体的特徴はチャンドラーの書いたフィリップ・マーロウと一致するところが多い。身長と体重も、わざわざフィートやポンドで表されている。

　この場面に限らないが、そしてこの話にも、この本にも限らないが、どうして江戸時代とか昔のことが、外来語も含めた現代語によって細かに書かれるのか。もう少し解説っぽく言うと、どうして現代語に翻訳されるのか。そういうのも含めて独特であるのを、人は「町田節」と呼んだりする。とはいえ、解説で「町田節」なんて言葉で片付けるのはあんまりなので、作家の過去からその由来を探ることにしよう。町田康は一九九七年にこんなことを書いている。

　いまから五年くらい前から、陽のある間はずっと、再放送のテレビ時代劇ばかり見て暮らしているのであって、(中略)自分は、日中は、時代劇を見て酒を飲む以外のことはなにもしていないに等しい。

「阿呆の生活」である。いや、このエッセイのタイトルが。
　私の個人的な話だが、大学生の時にこれを読んで強い憧れを抱き、レコーダーに時代劇を録りだめて一日中流しておくことにした。つまり模倣した。がんばって三ヶ月ほど続けたところで、似たような場所、格好、話、SEの繰り返しに脳が耐えきれずに止めてしまった。そんな私の中にさえ、江戸に三ヶ月ホームステイしたかの如く染みついて忘れない知識や印象があるのだから、五年も続けていたらとんでもないことになるだろう。まして、そこで出来上がった土壌は、その後も多くの知識と個人的な情（報）をぐんぐん蓄えたはずだ。小説を真摯に書くにあたって、それらが些細な言葉に表れないわけがない。

先ほど、「文久二年閏八月の怪異」では幕末の服装が現代語に翻訳されているみたいなことを書いた。しかし一方で、「私」は「僕の役所での正式な役職名は小者だ」と自己紹介している。小者というのは歴とした中近世の語で、武家奉公人のことを言う。「私」は常に人手不足の役所すなわち奉行所に雇われている町人いわゆる岡っ引きで、十手は奉行所から直々に貸し出されたものだ。それが身分証明になるので「私」はそれをちらつかせる。本当を言うと、十手は事件のたびに貸与返却する決まりなので普段使いはできない。だからそれはテレビ時代劇だけで見られる所作だ。あと、今まで言わないでおいたが「私」すなわち「三河町の半七」というのは『半七捕物帳』の設定そのままである。よって、「私」がいるのは時代劇『半七捕物帳』の中の文久二年閏八月ということになる。

そういうことの大体は、最初から『半七捕物帳』だとわかっていた人にはわかるので、わざわざ「小者だ」と書かれる時、やっぱり読者はなめられているのかも知れない。しかし、探偵物を読む作法として、もう一つの線も探らなければなるまい。つまり、ここには単なる時代劇の知識に留まらない作家の個人的な情（報）が潜んでいるのではないか、ということだ。なぜ、足袋や十手や奉行所などとちがい、小者は翻訳されずに「正式な役職名」のまま、わざわざ語られるのか。おかしいではないか。

ここで別の短編「付喪神」を呼び出してみよう。俎は言う。

俺たちはなあ、物なんだよ。物というものは人と違って意識がないんだよ。考えたり、喋ったりすることはできないんだよ。けど、生まれてから百年経つと、物にも意識が生まれてくる。

人間はそれを気味悪がり、意識が生まれる前に物を棄てる。運良く残った意識ある物たちが、そんな非道を行う人間への復讐を企てるも、思想の違いと人間界の歪んだトップダウン構造のしわ寄せによって、最終、器物派と人間派に分かれ大規模なバトルを繰り広げることになる。『付喪神絵巻』を元にしたなんとも愉快な話であるが、争いが収まった末に、語り手は長く存在して不思議な力を宿すようになった物についてこのように語る。

最近はあえて形態を変えず、元の形態のまま意識と意志を持って人間に影響力を行使する物がある、と、特に懇意にしている物が教えてくれた。

　足袋と呼ばれていた物が百年以上の長い時を生き延び、ソックスとも呼ばれるようになる。それは、足袋が形態を変えず、意識と意志を持って人間に影響力を行使して、自分をソックスと呼ばせているということではないのか。片や「小者」は物ではない。百年生きる小者はおらず、ゆえに別名で呼ばれる機会もない。小者はいつも中近世の「小者」でしか指し示すことができず、翻訳することができない。つまり、わざわざ翻訳されずに書かれる「小者」は、物に対する個人的な情（報）を、逆説的に示していると言えはしないか。

　たいていの読者はこの情（報）に気付かないだろうが、それは無理もないことだ。なぜと言って、人間は今を生きている。今を生きているということは、物の百年など知らぬということである。翻訳が物からの要請である以上、物と懇意にしないなら翻訳にも用はない。それが大勢の世の中では、物に誑かされて今と昔を時代劇的にごっちゃにしていたり、家にある大黒像をどうかするところから小説を始めたりする人間は、みんなが共有している今を見失いがちになる。言葉が上手く通じないで、コミュニケーションが微妙に無理で、その微妙さゆえに絶妙な孤独に陥るであろう。

「なんか変じゃないですか」

「なにが」

「へぇ、あのお、なんか、親分、ひとりだけ乗り、違ってませんか」

「違ってる？　なにが？」

「なにが、ってことはないんですけどね、なんかこう、ひとりだけ違う世界にいませんか」

「人間はもともとみんな違う世界にいるのさ。それを認められるタフな人間と認められないヤワな人間がいるだけさ」


台詞も含めてフィリップ・マーロウが『半七捕物帳』の世界にいる風だが、べつに逆でも同じことだ。ここで、小者の岡っ引きである「私」と、その「私」に雇われる下っ引きの権次との対話は、町田作品世界における楽しさと虚しさを端的に表している。つまり、「私」はもちろんひとりでタフに好き勝手やればいいのだが、言葉を用いる限り、相手の、読者の存在を意識する。そこは人情、いくらかでも説明的にならざるを得ない。この時、冒頭のサリンジャーの問題が頭をもたげてくるのだ。

物に関する知識は古今東西の言葉を翻訳しながら綯い交ぜにすることを可能にするが、作家はその過程で、読者を無知なる者として「不当に扱う」ことになる。一方で、物に関する個人的な情（報）は、例えば五年間時代劇を見続けたことのない読者には伝わらないし、そんなことは余計な情報だと思って書く。実際、たいていは伝わらないから、翻訳された言葉の表面上のズレだけが認識され、ヤワな読者は笑う、さらに「得」をする。

この、言葉を尽くせば尽くすほど何にもならず、相手を不当に扱ってしまったという罪悪感や、相手ばかりが得をしているという焦燥感が募っていく感じ、下手すりゃあるいは狙い通りに笑われる感じ、それでどつぼにはまっていく感じは、『告白』を読めば痛いほどわかってもらえるだろう。そして、わかったからといってどうしようもないだろう。

「けど、親分、それじゃ寂しくないですか」

「さびしいよ。だからいろんなものを翻訳するのさ。私を天に翻訳したり、天を私に翻訳したりね。つまりは文久の改革さ」

二人は「寂しさ／さびしさ」さえ、まともに共有できない。それは「私」が翻訳するからだ。翻訳によって「違う世界」にいることが強烈に自覚されるからだ。さびしいから翻訳するというよりも、翻訳するからさびしいのだ。言葉は虚しい。よって「私」は間違っている。けれど「私」はわかっている。江戸幕府が「朝廷の要請って感じ」で行った「文久の改革」と同じように、自分の翻訳が「所詮は保身」だと知っている。「それでもやる」。

なぜなら、「保身」とは存在し続けるための悪あがきであるからだ。翻訳によって今と昔が天下の存在としてつながれば、長い時間をまたぐことができれば、そこには物のように不思議な力が宿るかも知れない。存在。そのために、己の知識と情（報）でいっぱいの虚しい言葉を尽くして翻訳するのだ。生の限り、保身に奔走するのだ。「小者」であることは動かしがたいとしても。

みたいなことが、町田作品全てに通底している希望というか明るさであると私は考える。だから非常にうつくしいと思っているし、だから、短編集の解説だというのに二つの短編にしか言及できなかったことはご容赦願いたい。

本書は二〇一九年九月、小社より単行本として刊行されました。

|著者|町田 康　作家・パンク歌手。1962年大阪府生まれ。高校時代からバンド活動を始め、伝説的なパンクバンド「INU」を結成、'81年『メシ喰うな！』でレコードデビュー。'92年に処女詩集『供花』刊行。'96年に発表した処女小説「くっすん大黒」で野間文芸新人賞、ドゥマゴ文学賞を受賞。2000年「きれぎれ」で芥川賞、'01年『土間の四十八滝』で萩原朔太郎賞、'02年「権現の踊り子」で川端康成文学賞、'05年『告白』で谷崎潤一郎賞、'08年『宿屋めぐり』で野間文芸賞をそれぞれ受賞。著書に「猫にかまけて」シリーズ、スピンクシリーズ、『この世のメドレー』『常識の路上』『ギケイキ』『ホサナ』『しらふで生きる』など多数。
http://www.machidakou.com
Twitter：@machidakoujoho

記憶(きおく)の盆(ぼん)をどり
町田(まちだ) 康(こう)

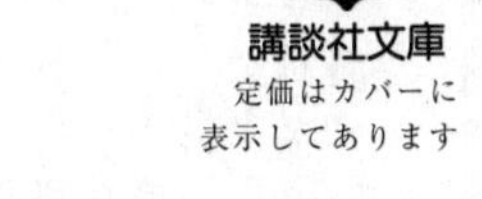

定価はカバーに
表示してあります

2022年8月10日第1刷発行

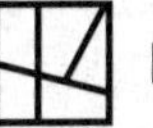

発行者――鈴木章一
発行所――株式会社 講談社
東京都文京区音羽2-12-21　〒112-8001
電話 出版 (03) 5395-3510
販売 (03) 5395-5817
業務 (03) 5395-3615
Printed in Japan

デザイン―菊地信義
本文データ制作―講談社デジタル製作
印刷―――株式会社KPSプロダクツ
製本―――株式会社国宝社

ISBN978-4-06-528931-0

講談社文庫刊行の辞

二十一世紀の到来を目睫に望みながら、われわれはいま、人類史上かつて例を見ない巨大な転換期をむかえようとしている。

世界も、日本も、激動の予兆に対する期待とおののきを内に蔵して、未知の時代に歩み入ろうとしている。このときにあたり、創業の人野間清治の「ナショナル・エデュケイター」への志を現代に甦らせようと意図して、われわれはここに古今の文芸作品はいうまでもなく、ひろく人文・社会・自然の諸科学から東西の名著を網羅する、新しい綜合文庫の発刊を決意した。

激動の転換期はまた断絶の時代である。われわれは戦後二十五年間の出版文化のありかたへの深い反省をこめて、この断絶の時代にあえて人間的な持続を求めようとする。いたずらに浮薄な商業主義のあだ花を追い求めることなく、長期にわたって良書に生命をあたえようとつとめるところにしか、今後の出版文化の真の繁栄はあり得ないと信じるからである。

同時にわれわれはこの綜合文庫の刊行を通じて、人文・社会・自然の諸科学が、結局人間の学にほかならないことを立証しようと願っている。かつて知識とは、「汝自身を知る」ことにつきていた。現代社会の瑣末な情報の氾濫のなかから、力強い知識の源泉を掘り起し、技術文明のただなかに、生きた人間の姿を復活させること。それこそわれわれの切なる希求である。

われわれは権威に盲従せず、俗流に媚びることなく、渾然一体となって日本の「草の根」をかたちづくる若く新しい世代の人々に、心をこめてこの新しい綜合文庫をおくり届けたい。それは知識の泉であるとともに感受性のふるさとであり、もっとも有機的に組織され、社会に開かれた万人のための大学をめざしている。大方の支援と協力を衷心より切望してやまない。

一九七一年七月

野間省一

講談社文芸文庫 

大澤真幸

〈世界史〉の哲学 1 古代篇

解説＝山本貴光

おZ2

978-4-06-527683-9

資本主義の根源を問う著者の破天荒な試みがついに文庫化開始！ 本巻では〈世界史〉におけるミステリー中のミステリー＝キリストの殺害が中心的な主題となる。

大澤真幸

〈世界史〉の哲学 2 中世篇

解説＝熊野純彦

おZ3

978-4-06-528858-0

「中世」とは、キリストの「死なない死体」にとり憑かれた時代であった！ 誰も明確には答えられない謎に挑んで見えてきた真実が資本主義の本質を照らし出す。

穂村　弘　整形前夜
穂村　弘　ぼくの短歌ノート
穂村　弘　野良猫を尊敬した日
堀川アサコ　幻想郵便局
堀川アサコ　幻想映画館
堀川アサコ　幻想日記店
堀川アサコ　幻想探偵社
堀川アサコ　幻想温泉郷
堀川アサコ　幻想短編集
堀川アサコ　幻想寝台車
堀川アサコ　幻想蒸気船
堀川アサコ　幻想商店街
堀川アサコ　幻想遊園地
堀川アサコ　魔法使ひ
本城雅人　境界〈横浜中華街・潜伏捜査〉
本城雅人　スカウト・デイズ
本城雅人　スカウト・バトル
本城雅人　嗤うエース
本城雅人　贅沢のススメ
本城雅人　誉れ高き勇敢なブルーよ
本城雅人　シューメーカーの足音
本城雅人　ミッドナイト・ジャーナル
本城雅人　紙の城
本城雅人　監督の問題
本城雅人　去り際のアーチ〈もう一打席！〉
本城雅人　時代
堀川惠子　裁かれた命〈死刑囚から届いた手紙〉
堀川惠子　死刑の基準〈「永山裁判」が遺したもの〉
堀川惠子　永山則夫〈封印された鑑定記録〉
堀川惠子　教誨師
堀川惠子　戦禍に生きた演劇人たち〈演出家・八田元夫と「桜隊」の悲劇〉
堀川惠子・小笠原信之　チンチン電車と女学生〈1945年8月6日・ヒロシマ〉
誉田哲也　Qros（キュロス）の女
松本清張　草の陰刻
松本清張　黄色い風土
松本清張　黒い樹海
松本清張　ガラスの城
松本清張　殺人行おくのほそ道(上)(下)
松本清張　邪馬台国　清張通史①
松本清張　空白の世紀　清張通史②
松本清張　カミと青銅の迷路　清張通史③
松本清張　天皇と豪族　清張通史④
松本清張　壬申の乱　清張通史⑤
松本清張　古代の終焉　清張通史⑥
松本清張　新装版　増上寺刃傷
松本清張他　日本史七つの謎
松谷みよ子　ちいさいモモちゃん
松谷みよ子　モモちゃんとアカネちゃん
松谷みよ子　アカネちゃんの涙の海
眉村　卓　ねらわれた学園
眉村　卓　なぞの転校生
麻耶雄嵩　翼ある闇〈メルカトル鮎最後の事件〉
麻耶雄嵩　痾（あ）
麻耶雄嵩　メルカトルかく語りき
麻耶雄嵩　夏と冬の奏鳴曲（ソナタ）〈新装改訂版〉
麻耶雄嵩　神様ゲーム
町田　康　耳そぎ饅頭

松岡圭祐　瑕疵借り
松原 始　カラスの教科書
益田ミリ　五年前の忘れ物
益田ミリ　お茶の時間
マキタスポーツ　一億総ツッコミ時代〈決定版〉
丸山ゴンザレス　ダークツーリスト〈世界の混沌を歩く〉
松田賢弥　したたか 総理大臣・菅義偉の野望と人生
真下みこと　#柚莉愛とかくれんぼ
松野大介　インフォデミック〈コロナ情報氾濫〉
三島由紀夫 TBSヴィンテージクラシックス 編　告白 三島由紀夫未公開インタビュー
三浦綾子　ひつじが丘
三浦綾子　岩に立つ
三浦綾子　あのポプラの上が空〈新装版〉
三浦明博　滅びのモノクローム
三浦明博　五郎丸の生涯
宮尾登美子　新装版 天璋院篤姫(上)(下)
宮尾登美子　新装版 一絃の琴
宮尾登美子　東福門院和子の涙(上)(下)〈レジェンド歴史時代小説〉
皆川博子　クロコダイル路地

宮本 輝　骸骨ビルの庭(上)(下)
宮本 輝　新装版 二十歳の火影
宮本 輝　新装版 命の器
宮本 輝　新装版 避暑地の猫
宮本 輝　新装版 ここに地終わり 海始まる(上)(下)
宮本 輝　新装版 花の降る午後(上)(下)
宮本 輝　新装版 オレンジの壺(上)(下)
宮本 輝　にぎやかな天地(上)(下)
宮本 輝　新装版 朝の歓び(上)(下)
宮城谷昌光　夏姫春秋(上)(下)
宮城谷昌光　花の歳月
宮城谷昌光　重耳(全三冊)
宮城谷昌光　介子推
宮城谷昌光　孟嘗君 全五冊
宮城谷昌光　子産(上)(下)
宮城谷昌光　湖底の城〈呉越春秋〉一
宮城谷昌光　湖底の城〈呉越春秋〉二
宮城谷昌光　湖底の城〈呉越春秋〉三
宮城谷昌光　湖底の城〈呉越春秋〉四

宮城谷昌光　湖底の城〈呉越春秋〉五
宮城谷昌光　湖底の城〈呉越春秋〉六
宮城谷昌光　湖底の城〈呉越春秋〉七
宮城谷昌光　湖底の城〈呉越春秋〉八
宮城谷昌光　湖底の城〈呉越春秋〉九
宮城谷昌光　俠骨記〈新装版〉
水木しげる　コミック昭和史1〈関東大震災～満州事変〉
水木しげる　コミック昭和史2〈満州事変～日中全面戦争〉
水木しげる　コミック昭和史3〈日中全面戦争～太平洋戦争開始〉
水木しげる　コミック昭和史4〈太平洋戦争前半〉
水木しげる　コミック昭和史5〈太平洋戦争後半〉
水木しげる　コミック昭和史6〈終戦から朝鮮戦争〉
水木しげる　コミック昭和史7〈講和から復興〉
水木しげる　コミック昭和史8〈高度成長以降〉
水木しげる　総員玉砕せよ！
水木しげる　敗走記
水木しげる　白い旗
水木しげる　姑娘
水木しげる　決定版 日本妖怪大全〈妖怪・あの世・神様〉

水木しげる　ほんまにオレはアホやろか
宮部みゆき　新装版 震える岩〈霊験お初捕物控〉
宮部みゆき　新装版 天狗風〈霊験お初捕物控〉
宮部みゆき　ICO―霧の城―(上)(下)
宮部みゆき　ぼんくら(上)(下)
宮部みゆき　新装版 日暮らし(上)(下)
宮部みゆき　おまえさん(上)(下)
宮部みゆき　小暮写眞館(上)(下)
宮部みゆき　ステップファザー・ステップ〈新装版〉
宮子あずさ　看護婦が見つめた人間が死ぬということ
宮本昌孝　家康、死す(上)(下)
三津田信三　忌館〈ホラー作家の棲む家〉
三津田信三　作者不詳(上)(下)〈ミステリ作家の読む本〉
三津田信三　蛇棺葬
三津田信三　百蛇堂〈怪談作家の語る話〉
三津田信三　厭魅の如き憑くもの
三津田信三　凶鳥の如き忌むもの
三津田信三　首無の如き祟るもの
三津田信三　山魔の如き嗤うもの
三津田信三　水魑の如き沈むもの
三津田信三　密室の如き籠るもの
三津田信三　生霊の如き重るもの
三津田信三　幽女の如き怨むもの
三津田信三　碆霊の如き祀るもの
三津田信三　魔偶の如き齎すもの
三津田信三　シェルター 終末の殺人
三津田信三　ついてくるもの
三津田信三　誰かの家
三津田信三　忌物堂鬼談
道尾秀介　カラスの親指〈by rule of CROW's thumb〉
道尾秀介　カエルの小指〈a murder of crows〉
道尾秀介　水の柩
深木章子　鬼畜の家
湊かなえ　リバース
宮内悠介　彼女がエスパーだったころ
宮内悠介　偶然の聖地
宮乃崎桜子　綺羅の皇女(1)
宮乃崎桜子　綺羅の皇女(2)
三國青葉　損料屋見鬼控え 1
三國青葉　損料屋見鬼控え 2
三國青葉　損料屋見鬼控え 3
宮西真冬　誰かが見ている
宮西真冬　首の鎖
宮西真冬　友達未遂
南杏子　希望のステージ
村上龍　愛と幻想のファシズム(上)(下)
村上龍　村上龍料理小説集
村上龍　新装版 限りなく透明に近いブルー
村上龍　新装版 コインロッカー・ベイビーズ
村上龍　歌うクジラ(上)(下)
向田邦子　新装版 眠る盃
向田邦子　新装版 夜中の薔薇
村上春樹　風の歌を聴け
村上春樹　1973年のピンボール
村上春樹　羊をめぐる冒険(上)(下)
村上春樹　カンガルー日和
村上春樹　回転木馬のデッド・ヒート

講談社文庫　目録

森 博嗣 θは遊んでくれたよ〈ANOTHER PLAYMATE θ〉
森 博嗣 τになるまで待って〈PLEASE STAY UNTIL τ〉
森 博嗣 εに誓って〈SWEARING ON SOLEMN ε〉
森 博嗣 λに歯がない〈λ HAS NO TEETH〉
森 博嗣 ηなのに夢のよう〈DREAMILY IN SPITE OF η〉
森 博嗣 目薬αで殺菌します〈DISINFECTANT α FOR THE EYES〉
森 博嗣 ジグβは神ですか〈JIG β KNOWS HEAVEN〉
森 博嗣 キウイγは時計仕掛け〈KIWI γ IN CLOCKWORK〉
森 博嗣 χの悲劇〈THE TRAGEDY OF χ〉
森 博嗣 ψの悲劇〈THE TRAGEDY OF ψ〉
森 博嗣 イナイ×イナイ〈PEEKABOO〉
森 博嗣 キラレ×キラレ〈CUTTHROAT〉
森 博嗣 タカイ×タカイ〈CRUCIFIXION〉
森 博嗣 ムカシ×ムカシ〈REMINISCENCE〉
森 博嗣 サイタ×サイタ〈EXPLOSIVE〉
森 博嗣 ダマシ×ダマシ〈SWINDLER〉
森 博嗣 女王の百年密室〈GOD SAVE THE QUEEN〉
森 博嗣 迷宮百年の睡魔〈LABYRINTH IN ARM OF MORPHEUS〉
森 博嗣 赤目姫の潮解〈LADY SCARLET EYES AND HER DELIQUESCENCE〉
森 博嗣 まどろみ消去〈MISSING UNDER THE MISTLETOE〉
森 博嗣 地球儀のスライス〈A SLICE OF TERRESTRIAL GLOBE〉
森 博嗣 レタス・フライ〈Lettuce Fry〉
森 博嗣 僕は秋子に借りがある I'm in Debt to Akiko〈森博嗣自選短編集〉
森 博嗣 どちらかが魔女 Which is the Witch?〈森博嗣シリーズ短編集〉
森 博嗣 喜嶋先生の静かな世界〈The Silent World of Dr.Kishima〉
森 博嗣 そして二人だけになった〈Until Death Do Us Part〉
森 博嗣 つぶやきのクリーム〈The cream of the notes〉
森 博嗣 ツンドラモンスーン〈The cream of the notes 4〉
森 博嗣 つぼみ茸ムース〈The cream of the notes 5〉
森 博嗣 つぶさにミルフィーユ〈The cream of the notes 6〉
森 博嗣 月夜のサラサーテ〈The cream of the notes 7〉
森 博嗣 つんつんブラザーズ〈The cream of the notes 8〉
森 博嗣 ツベルクリンムーチョ〈The cream of the notes 9〉
森 博嗣 追懐のコヨーテ〈The cream of the notes 10〉
森 博嗣 カクレカラクリ〈An Automaton in Long Sleep〉
森 博嗣 DOG&DOLL
森 博嗣 森には森の風が吹く〈My wind blows in my forest〉
森 博嗣 アンチ整理術〈Anti-Organizing Life〉
諸田玲子 森家の討ち入り
森 達也 すべての戦争は自衛から始まる
本谷有希子 腑抜けども、悲しみの愛を見せろ
本谷有希子 江利子と絶対〈本谷有希子文学大全集〉
本谷有希子 あの子の考えることは変
本谷有希子 嵐のピクニック
本谷有希子 自分を好きになる方法
本谷有希子 異類婚姻譚
本谷有希子 静かに、ねぇ、静かに
茂木健一郎 「赤毛のアン」に学ぶ幸福になる方法
森林原人 セックス幸福論〈偏差値78のAV男優が考える〉
桃戸ハル編・著 5分後に意外な結末〈ベスト・セレクション〉
桃戸ハル編・著 5分後に意外な結末〈ベスト・セレクション 黒の巻・白の巻〉
桃戸ハル編・著 5分後に意外な結末〈ベスト・セレクション 心震える赤の巻〉
森 功 高倉健〈隠し続けた七つの顔と「謎の養女」〉
望月麻衣 京都船岡山アストロロジー
山田風太郎 甲賀忍法帖〈山田風太郎忍法帖①〉
山田風太郎 伊賀忍法帖〈山田風太郎忍法帖③〉
山田風太郎 忍法八犬伝〈山田風太郎忍法帖④〉

山田風太郎 風来忍法帖〈山田風太郎忍法帖⑪〉
山田風太郎 新装版戦中派不戦日記
山田正紀 大江戸ミッション・インポッシブル〈顔役を消せ〉
山田正紀 大江戸ミッション・インポッシブル〈幽霊船を奪え〉
山田詠美 晩年の子供
山田詠美 A2Z（エイ トゥ ズィ）
山田詠美 珠玉の短編
柳家小三治 ま・く・ら
柳家小三治 もひとつま・く・ら
柳家小三治 バ・イ・ク
山口雅也 落語魅捨理（ミステリ）全集〈坊主の愉しみ〉
山本一力 深川黄表紙掛取り帖
山本一力 牡丹酒〈深川黄表紙掛取り帖㈡〉
山本一力 ジョン・マン1 波濤編
山本一力 ジョン・マン2 大洋編
山本一力 ジョン・マン3 望郷編
山本一力 ジョン・マン4 青雲編
山本一力 ジョン・マン5 立志編
椰月美智子 十二歳

椰月美智子 しずかな日々
椰月美智子 ガミガミ女とスーダラ男
椰月美智子 恋愛小説
柳広司 キング&クイーン
柳広司 怪談
柳広司 ナイト&シャドウ
柳広司 幻影城市
柳広司 風神雷神(上)(下)
薬丸岳 闇の底
薬丸岳 虚夢
薬丸岳 刑事のまなざし
薬丸岳 逃走
薬丸岳 ハードラック
薬丸岳 その鏡は嘘をつく
薬丸岳 刑事の約束
薬丸岳 Aではない君と
薬丸岳 ガーディアン
薬丸岳 刑事の怒り
薬丸岳 天使のナイフ〈新装版〉

山崎ナオコーラ 可愛い世の中
矢月秀作 A（ア）C（ク）T（ト）〈警視庁特別潜入捜査班〉
矢月秀作 A（ア）C（ク）T（ト）2 告発者〈警視庁特別潜入捜査班〉
矢月秀作 A（ア）C（ク）T（ト）3 掠奪〈警視庁特別潜入捜査班〉
矢野隆 我が名は秀秋
矢野隆 戦（いくさ）始末
矢野隆 乱
矢野隆 長篠の戦い〈戦百景〉
矢野隆 桶狭間の戦い〈戦百景〉
矢野隆 関ヶ原の戦い〈戦百景〉
山内マリコ かわいい結婚
山本周五郎 さぶ〈山本周五郎コレクション〉
山本周五郎 白石城死守〈山本周五郎コレクション〉
山本周五郎 完全版 日本婦道記(上)(下)〈山本周五郎コレクション〉
山本周五郎 戦国武士道物語 死處（しょ）〈山本周五郎コレクション〉
山本周五郎 戦国物語 信長と家康〈山本周五郎コレクション〉
山本周五郎 幕末物語 失蝶記〈山本周五郎コレクション〉
山本周五郎 逃亡記 時代ミステリ傑作選〈山本周五郎コレクション〉
山本周五郎 家族物語 おもかげ抄〈山本周五郎コレクション〉

山本周五郎 繁あね〈美しい女たちの物語〉
山本周五郎 雨あがる〈映画化作品集〉
柳田理科雄 スター・ウォーズ 空想科学読本
柳田理科雄 MARVEL マーベル空想科学読本
靖子靖史 空色カンバス〈瑞空寺凸凹縁起〉
安本由佳 山本理沙 不機嫌な婚活
山中伸弥 平尾誠二・惠子 友情〈平尾誠二と山中伸弥「最後の約束」〉
山手樹一郎 夢介千両みやげ(上)(下)〈完全版〉
夢枕 獏 大江戸釣客伝(上)(下)
唯川 恵 雨心中
行成 薫 ヒーローの選択
行成 薫 バイバイ・バディ
行成 薫 スパイの妻
柚月裕子 合理的にあり得ない〈上水流涼子の解明〉
吉村 昭 私の好きな悪い癖
吉村 昭 吉村昭の平家物語
吉村 昭 暁の旅人
吉村 昭 新装版 白い航跡(上)(下)
吉村 昭 新装版 海も暮れきる
吉村 昭 新装版 間宮林蔵
吉村 昭 新装版 赤い人
吉村 昭 新装版 落日の宴(上)(下)
吉村 昭 白い遠景
横尾忠則 言葉を離れる
与那原 恵 わたぶんぶん〈わたしの「料理沖縄物語」〉
米原万里 ロシアは今日も荒れ模様
横山秀夫 半落ち
横山秀夫 出口のない海
吉田修一 日曜日たち
吉本隆明 真贋
吉本隆明 フランシス子へ
横関 大 再会
横関 大 グッバイ・ヒーロー
横関 大 チェインギャングは忘れない
横関 大 沈黙のエール
横関 大 ルパンの娘
横関 大 ルパンの帰還
横関 大 ホームズの娘
横関 大 ルパンの星
横関 大 スマイルメイカー
横関 大 K2〈池袋署刑事課 神崎・黒木〉
横関 大 炎上チャンピオン
横関 大 ピエロがいる街
横関 大 仮面の君に告ぐ
吉川永青 裏関ヶ原
吉川永青 化け札
吉川永青 治部の礎
吉川永青 老侍
吉川永青 雷雲の龍〈会津に吼える〉
吉村龍一 光る牙
吉川トリコ ぶらりぶらこの恋
吉川トリコ ミドリのミ
吉川英梨 波動〈新東京水上警察〉
吉川英梨 烈渦〈新東京水上警察〉
吉川英梨 朽海の城〈新東京水上警察〉
吉川英梨 海底の道化師〈新東京水上警察〉
吉川英梨 月下蠟人〈新東京水上警察〉

吉川英梨　海蝶〈海を護るミューズ〉
隆慶一郎　花と火の帝(上)(下)
隆慶一郎　時代小説の愉しみ
リレーミステリー　宮辻薬東宮
令丈ヒロ子 原作・文／吉田玲子 脚本　小説 若おかみは小学生!〈劇場版〉
渡辺淳一　失楽園(上)(下)
渡辺淳一　男と女
渡辺淳一　泪壺
渡辺淳一　秘すれば花
渡辺淳一　化粧(上)(下)
渡辺淳一　あじさい日記(上)(下)
渡辺淳一　熟年革命
渡辺淳一　幸せ上手
渡辺淳一　新装版 雲の階段(上)(下)
渡辺淳一　麻酔〈渡辺淳一セレクション〉
渡辺淳一　阿寒に果つ〈渡辺淳一セレクション〉
渡辺淳一　何処へ〈渡辺淳一セレクション〉
渡辺淳一　光と影〈渡辺淳一セレクション〉
渡辺淳一　花埋み〈渡辺淳一セレクション〉
渡辺淳一　氷紋〈渡辺淳一セレクション〉
渡辺淳一　長崎ロシア遊女館〈渡辺淳一セレクション〉
渡辺淳一　遠き落日(上)(下)〈渡辺淳一セレクション〉
輪渡颯介　古道具屋 皆塵堂
輪渡颯介　猫除け 古道具屋 皆塵堂
輪渡颯介　蔵盗み 古道具屋 皆塵堂
輪渡颯介　迎え猫 古道具屋 皆塵堂
輪渡颯介　祟り婿 古道具屋 皆塵堂
輪渡颯介　影憑き 古道具屋 皆塵堂
輪渡颯介　夢の猫 古道具屋 皆塵堂
輪渡颯介　呪い禍 古道具屋 皆塵堂
輪渡颯介　髪追い 古道具屋 皆塵堂
輪渡颯介　溝猫長屋 祠之怪
輪渡颯介　優しき悪霊〈溝猫長屋 祠之怪〉
輪渡颯介　欺きの童霊〈溝猫長屋 祠之怪〉
輪渡颯介　物の怪斬り〈溝猫長屋 祠之怪〉
輪渡颯介　別れの霊祠〈溝猫長屋 祠之怪〉
綿矢りさ　ウォーク・イン・クローゼット
和久井清水　水際のメメント〈きたまち建築事務所のリフォームカルテ〉
若菜晃子　東京甘味食堂